D0898607

CRÍMENES IMPERCEPTIBLES

Autores Españoles e Iberoamericanos

GUILLERMO MARTÍNEZ

CRÍMENES IMPERCEPTIBLES

 Planeta

Martínez, Guillermo
    Crímenes imperceptibles.- 4ª ed. – Buenos Aires : Planeta, 2004.
    248 p. ; 23x15 cm.- (Autores españoles e iberoamericanos)

    ISBN 950-49-1128-5

    1. Narrativa Argentina I. Título
    CDD A863

Esta novela recibió el
PREMIO PLANETA (Argentina),
otorgado por el siguiente jurado:

MARCOS AGUINIS
FEDERICO ANDAHAZI
CARMEN POSADAS
MARCELA SERRANO
RICARDO J. SABANES

Diseño de cubierta: Mario Blanco

© 2003, Guillermo Martínez

Derechos exclusivos de edición en castellano
reservados para todo el mundo:
© 2003, Grupo Editorial Planeta S.A.I.C.
    Independencia 1668, C 1100 ABQ, Buenos Aires

4ª edición: 4.000 ejemplares

ISBN 950-49-1128-5

Impreso en Verlap S.A. Producciones Gráficas,
Spurr 653, Avellaneda,
en el mes de marzo de 2004.

Hecho el depósito que prevé la ley 11.723
Impreso en la Argentina

A la memoria de mi padre

CAPÍTULO 1

Ahora que pasaron los años y todo fue olvidado, ahora que me llegó desde Escocia, en un lacónico mail,
la triste noticia de la muerte de Seldom, creo que
puedo quebrar la promesa que en todo caso él nunca me pidió y contar la verdad sobre los sucesos que
en el verano del '93 llegaron a los diarios ingleses con
títulos que oscilaban de lo macabro a lo sensaciona-
lista, pero a los que Seldom y yo siempre nos referi-
mos, quizá por la connotación matemática, simplemente como la serie, o la serie de Oxford. Las muertes
ocurrieron todas, en efecto, dentro de los límites de
Oxfordshire, durante el comienzo de mi residencia
en Inglaterra, y me tocó el privilegio dudoso de ver
realmente de cerca la primera.

Yo tenía veintidós años, una edad en la que casi
todo es todavía disculpable; acababa de graduarme
como matemático en la Universidad de Buenos Aires y viajaba a Oxford con una beca para una estadía
de un año, con el propósito secreto de inclinarme
hacia la Lógica, o por lo menos, de asistir al famoso
seminario que dirigía Angus Macintire. La que sería
mi directora allí, Emily Bronson, había hecho los
preparativos para mi llegada con una solicitud mi-

nuciosa, atenta a todos los detalles. Era profesora y *fellow* de St. Anne's, pero en los mails que habíamos intercambiado antes del viaje me sugirió que, en vez de alojarme en los cuartos algo inhóspitos del *college*, quizá yo prefiriera, si el dinero de mi beca lo permitía, alquilar una habitación con baño propio, una pequeña cocina y entrada independiente en la casa de Mrs. Eagleton, una mujer, según me dijo, muy amable y discreta, la viuda de un antiguo profesor suyo. Hice mis cuentas, como de costumbre, con algún exceso de optimismo y envié un cheque con el pago por adelantado del primer mes, el único requisito que pedía la dueña. Quince días después me encontraba volando sobre el Atlántico en ese estado de incredulidad que desde siempre se apodera de mí ante cada viaje: como en un salto sin red, me parece mucho más probable, e incluso más económico como hipótesis —*la navaja de Ockham*, hubiera dicho Seldom—, que un accidente de último momento me devuelva a mi situación anterior, o al fondo del mar, antes de que todo un país y la inmensa maquinaria que supone empezar una nueva vida comparezca finalmente como una mano tendida allí abajo. Y sin embargo, con toda puntualidad, a las nueve de la mañana del día siguiente, el avión horadó tranquilamente la línea de brumas y las verdes colinas de Inglaterra aparecieron con verosimilitud indudable, bajo una luz que de pronto se había atenuado, o debería decir, quizá, degradado, porque esa fue la impresión que tuve: que la luz adquiría ahora, a medida que bajábamos, una cualidad cada vez más precaria, como si se debilitara y languideciera al traspasar un filtro enrarecido.

Mi directora me había dado todas las indicaciones para que tomara en Heathrow el ómnibus que me llevaría directamente a Oxford y se había excusado varias veces por no poder recibirme a mi llegada: estaría durante toda esa semana en Londres en un congreso de Álgebra. Esto, lejos de preocuparme, me pareció ideal: tendría unos días para hacerme por mí mismo una idea del lugar y recorrer la ciudad, antes de que empezaran mis obligaciones. No había llevado demasiado equipaje y cuando el ómnibus se detuvo por fin en la estación no tuve problemas en cruzar la plaza con mis bolsos para tomar un taxi. Era el principio de abril pero me alegré de no haberme quitado el abrigo: soplaba un viento helado, cortante, y el sol, muy pálido, no ayudaba demasiado. Aun así pude ver que casi todos en la feria de la plaza y también el chofer paquistaní que me abrió la puerta estaban en manga corta. Le di la dirección de Mrs. Eagleton y mientras arrancaba le pregunté si no tenía frío. "Oh, no: estamos en primavera", me dijo, y señaló con felicidad, como una prueba irrefutable, ese sol raquítico.

El *cab* negro avanzó ceremoniosamente hacia la calle principal. Cuando dobló a la izquierda pude ver a ambos lados, por puertas de madera entreabiertas y rejas de hierro, los tersos jardines y el césped inmaculado y brillante de los *colleges*. Pasamos un pequeño cementerio que bordeaba una iglesia, con las lápidas cubiertas de musgo. El auto subió por

11

Banbury Road y dobló luego de un trecho en Cunliffe Close, la dirección que llevaba anotada. El camino ondulaba ahora en medio de un parque imponente; detrás de cercos de muérdago aparecían grandes casas de piedra de una elegancia serena, que hacían evocar de inmediato las novelas victorianas con tardes de té, partidas de crocket y paseos por los jardines. Íbamos mirando los números al costado del camino, aunque me parecía poco probable, por el monto del cheque que había enviado, que la casa que buscaba fuera una de aquéllas. Vimos finalmente, donde terminaba la calle, unas casitas uniformes, mucho más modestas, aunque todavía simpáticas, con balcones rectangulares de madera y un aspecto veraniego. La primera de ellas era la de Mrs. Eagleton. Bajé los bolsos, subí la escalerita de entrada y toqué el timbre. Sabía, por la fecha de su tesis doctoral y de sus primeras publicaciones, que Emily Bronson debía rondar los cincuenta y cinco años y me preguntaba qué edad podría tener la viuda de un antiguo profesor suyo. Cuando la puerta se abrió me encontré con la cara angulosa y los ojos de un azul oscuro de una chica alta y delgada, no mucho mayor que yo, que me extendió la mano con una sonrisa. Nos miramos con una mutua y agradable sorpresa, aunque me pareció que ella se replegaba con un poco de cautela al liberar su mano, que quizá yo había retenido un instante más de lo debido. Me dijo su nombre, Beth, y trató de repetir el mío, sin conseguirlo del todo, mientras me hacía pasar a una sala muy acogedora, con una alfombra de rombos rojos y grises. Desde un sillón floreado Mrs. Eagleton me extendía los brazos con una gran sonrisa de bienvenida. Era una anciana de ojos chispeantes y movimientos vivaces, con el pelo totalmente blanco y esponjoso, peinado con cuidado en una orla orgullosa hacia arriba. Reparé al cruzar la sala en una silla de ruedas cerrada y apoyada contra el respaldo, y en la manta de cuadros escoceses que le cubría las piernas. Estreché su mano y pude sentir la fragilidad algo temblorosa de sus dedos. Retuvo la mía calurosamente un momento y me dio unos golpecitos con la otra, mientras me preguntaba por mi viaje, y si aquella era mi primera vez en Inglaterra. Dijo con asombro:

—No esperábamos alguien tan joven, ¿no es cierto, Beth?

Beth, que se había quedado cerca de la entrada, sonrió en silencio; había descolgado una llave de la pared, y después de esperar a que yo respondiera tres o cuatro preguntas más sugirió con suavidad:

—¿No te parece, abuela, que debería mostrarle ahora su habitación? Debe estar terriblemente cansado.

—Claro que sí —dijo Mrs. Eagleton—; Beth le explicará todo. Y si no tiene otros planes para esta noche estaremos encantadas de que nos acompañe a cenar.

Seguí a Beth afuera de la casa. La misma escalerita de la entrada continuaba en espiral hacia abajo y desembocaba en una puerta pequeña. Inclinó un poco la cabeza al abrir y me hizo pasar a una habitación muy amplia y ordenada, bajo el nivel del suelo, que recibía sin embargo bastante luz de dos ventanas muy altas, cercanas al techo. Empezó a explicarme todos los pequeños detalles, mientras caminaba en torno, abría cajones y me señalaba alacenas, cubiertos y toallas en una especie de recitado que parecía haber repetido muchas veces. Yo me contenté con verificar la cama y la ducha y me dediqué sobre todo a mirarla a ella. Tenía la piel seca, curtida, tirante, como sobre expuesta al aire libre, y esto, que le daba un aspecto saludable, hacía temer a la vez que pronto se ajaría. Si yo había calculado antes que podía tener veintitrés o veinticuatro años, ahora que la veía bajo otra luz me inclinaba a pensar que tendría más bien veintisiete o veintiocho. Los ojos, sobre todo, eran intrigantes: tenían un color azul muy hermoso y profundo, aunque parecían algo más fijos que el resto de sus facciones, como si tardaran en llegarles la expresión y el brillo. El vestido que llevaba, largo y holgado, con cuello redondo, como el de una campesina, no dejaba decir demasiado sobre su cuerpo, salvo que era delgada, aunque mirando con más atención quedaba algún margen para suponer que esta delgadez no era, por suerte, totalmente uniforme. De espaldas, sobre todo, parecía muy abrazable; tenía algo de la indefensión de las chicas altas. Me preguntó al volver a encontrar mis ojos, aunque creo que sin ironía, si había algo más que quisiera revisar y yo desvié la mirada, avergonzado, y me apuré a decirle que todo estaba perfecto. Antes de que se fuera le pregunté, dando un rodeo demasiado largo, si creía que de verdad debía considerarme invitado esa noche a cenar y me dijo riendo que por supuesto que sí, y que me esperaban a las seis y media.

Desempaqué las pocas cosas que había llevado, apilé algunos libros y unas copias de mi tesis sobre el escritorio, y usé un par de cajones para guardar la ropa. Salí después a dar un paseo por la ciudad. Ubiqué de inmediato, donde empezaba St. Giles, el Instituto de Matemática: era el único edificio cuadrado y horrible. Vi los escalones de la entrada, con la puerta giratoria de vidrio, y decidí que aquel primer día podía pasar de largo. Compré un sandwich y tuve un picnic solitario y algo tardío a la orilla del Támesis, mirando el entrenamiento del equipo de regatas. Entré y salí de algunas librerías, me detuve a contemplar las gárgolas en las cornisas de un teatro, deambulé a la cola de un grupo de turistas por las galerías de uno de los *colleges* y caminé después largamente atravesando el inmenso Parque Universitario. En un sector resguardado por árboles una máquina cortaba al ras el césped en grandes rectángulos, y un hombre pintaba con cal las líneas de una cancha de tenis. Me quedé a mirar con nostalgia el pequeño espectáculo y cuando hicieron un descanso pregunté cuándo pondrían las redes. Había abandonado el tenis en mi segundo año de universidad y, aunque no había llevado mis raquetas, me prometí comprar una y encontrar un compañero para volver a jugar.

De regreso, entré en un supermercado para hacer una pequeña provisión y me demoré un poco más para encontrar una licorería, donde elegí casi al azar una botella de vino para la cena. Cuando llegué a Cunliffe Close eran poco más de las seis, pero ya había oscurecido casi por completo y las ventanas en todas las casas estaban iluminadas. Me sorprendió que nadie usara cortinas; me pregunté si esto se debería a una confianza quizá excesiva en el espíritu de discreción inglés, que no se rebajaría a espiar la vida ajena, o bien a la seguridad también inglesa de que no harían nada en su vida privada que pudiera ser interesante espiar. No había tampoco rejas en ningún lado; daba la impresión de que muchas de las puertas estarían sin llave.

Me duché, me afeité, elegí la camisa que se había arrugado menos dentro del bolso y a las seis y media subí puntualmente la escalerita y toqué el timbre con mi botella. La cena transcurrió con esa cordialidad sonriente, educada, algo anodina, a la que habría de acostumbrarme con el tiempo. Beth se había arreglado un poco, aunque sin consentir en pintarse. Tenía ahora una blusa negra de seda y el pelo, que lo había peinado todo hacia un costado, le caía seductoramente de un solo lado del cuello. En todo caso, nada de esto era para mí: pronto me enteré de que tocaba el violoncelo en la orquesta de cámara del Sheldonian Theatre, el teatro semicircular con gárgolas en los frisos que había visto en mi paseo. Esa noche tendrían un ensayo general, y cierto afortunado Michael pasaría en media hora a buscarla. Hubo un brevísimo instante de incomodidad cuando pregunté, dándolo casi por sentado, si era su novio; las dos se miraron entre sí y por toda respuesta Mrs. Eagleton me preguntó si quería más ensalada de papas. Durante el resto de la cena Beth estuvo algo ausente y distraída y finalmente me encontré hablando casi a solas con Mrs. Eagleton. Cuando tocaron el timbre y después de que Beth se hubo ido, mi anfitriona se animó notablemente, como si un invisible hilo de tensión se hubiera aflojado. Se sirvió por sí misma una segunda copa de vino y durante un largo rato escuché las peripecias de una vida verdaderamente asombrosa. Había sido una de las tantas mujeres que durante la guerra participaron con inocencia en un concurso nacional de crucigramas, para enterarse de que el premio era el reclutamiento y la confinación de todas en un pueblito totalmente aislado, con la misión de ayudar a Alan Turing y su equipo de matemáticos a descifrar los códigos nazis de la máquina Enigma. Fue allí donde había conocido a Mr. Eagleton. Me contó una cantidad de anécdotas de la guerra y también todas las circunstancias del famoso envenenamiento de Turing. Desde que se había establecido en Oxford, me dijo, había abandonado los crucigramas por el scrabble, que jugaba siempre que podía con un grupo de amigas. Hizo rodar con entusiasmo su silla hasta una mesita baja en el living y me pidió que la siguiera, sin preocuparme por levantar los platos: de aquello se encargaría Beth cuando regresara. Vi con aprensión que sacaba de un cajón un tablero y que lo abría sobre la mesita. No pude decir que no. Y así pasé el resto de mi pri-

17

mera noche: tratando de formar palabras en inglés delante de aquella anciana casi histórica que cada dos o tres jugadas reía como una niña, alzaba a la vez todas sus fichas y me asestaba las siete letras de otro scrabble.

CAPÍTULO 2

En los días que siguieron me presenté en el Instituto de Matemática, donde me dieron un escritorio en la oficina de *visitors*, una cuenta de e-mail y una tarjeta magnética para entrar fuera de hora en la biblioteca. Sólo tenía un compañero de cuarto, un ruso de apellido Podorov, con el que apenas cambiábamos saludos. Caminaba encorvado de un lado a otro, se inclinaba de tanto en tanto sobre su escritorio para garabatear una fórmula en un gran cuaderno de tapas duras que hacía recordar a un libro de salmos, y salía cada media hora a fumar en el pequeño patio de baldosas al que daba nuestra ventana.

En el principio de la semana siguiente tuve mi primer encuentro con Emily Bronson: era una mujer diminuta, con el pelo muy lacio y totalmente blanco, sujeto sobre las orejas con sapitos, como el de una colegiala. Llegaba al Instituto en una bicicleta demasiado grande para ella, con una canasta en el manubrio donde asomaban sus libros y la bolsa del almuerzo. Tenía un aspecto monjil, algo tímido, pero descubrí con el tiempo que podía sacar a relucir a veces un humor agudo y acerado. A pesar de su modestia creo que le agradó que mi tesis de licenciatura llevara como título *Los espacios de Bronson*. En nuestro primer encuentro me dejó las separatas de sus dos últimos *papers* para que empezara a estudiarlos y una serie de folletos y mapas sobre lugares para visitar en Oxford, antes —me dijo— de que empezara el nuevo semestre y me quedara menos tiempo libre. Me preguntó si había algo en particular que yo pudiera extrañar de mi vida en Buenos Aires y cuando insinué que me gustaría volver a jugar al tenis me aseguró, con una sonrisa acostumbrada a pedidos mucho más excéntricos, que eso sería algo fácil de arreglar.

Dos días después encontré en mi casillero una esquela con una invitación para jugar dobles en el club de Marston Ferry Road. Las canchas eran de ladrillo y estaban a pocos minutos de caminata de Cunliffe Close. El grupo lo constituían John, un fotógrafo norteamericano con largos brazos y buen juego de red; Sammy, un biólogo canadiense casi albino, animoso e infatigable, y Lorna, una enfermera irlandesa del Radcliffe Hospital, de pelo rojizo llameante y ojos verdes luminosos y seductores.

A la felicidad de volver a pisar el polvo de ladrillo se agregó la segunda felicidad inesperada de encontrar del otro lado, en el peloteo inicial, a una chica que no sólo era hermosa parte por parte, sino que tenía golpes de fondo seguros y elegantes y devolvía a ras de la red todos mis tiros. Jugamos tres sets, cambiando parejas, hicimos con Lorna un dúo sonriente y temible y durante la semana siguiente conté los días para volver a entrar en la cancha y luego los *games* para la rotación que la dejaría otra vez de mi lado.

Me cruzaba casi todas las mañanas con Mrs. Eagleton; a veces la encontraba arreglando el jardín, muy temprano, cuando yo salía para el Instituto, y cambiábamos un par de palabras. Otras veces la veía por Banbury Road, camino al mercado, a la hora en que yo hacía un intervalo para ir a comprar mi almuerzo. Usaba una sillita a motor con la que se deslizaba por la vereda como sobre una embarcación serena y saludaba con una graciosa inclinación de cabeza a los estudiantes que le abrían paso. Veía en cambio muy raramente a Beth, y sólo había vuelto a hablar una vez con ella, una tarde en que regresaba de jugar al tenis. Lorna se había ofrecido a dejarme con su auto en la entrada de Cunliffe Close y mientras me despedía de ella vi que Beth bajaba de un ómnibus, cargando su violoncelo. Fui a su encuentro para ayudarla en el camino hasta la casa. Era uno de los primeros días de verdadero calor y supongo que yo estaba con la cara y los brazos de un color subido después de la tarde al sol. Sonrió acusadoramente al verme.

—Bueno, puedo ver que ya estás establecido. ¿Pero no se supone que deberías estar estudiando matemática, en vez de jugar al tenis y pasear con chicas en auto?

—Tengo permiso de mi directora —dije riendo, e hice un gesto de absolución.

—Oh, es sólo un chiste: en realidad te envidio.

—¿Envidiarme, por qué?

—No sé; das la impresión de ser tan libre: dejar tu país, tu otra vida, todo atrás; y dos semanas después así te encuentro: contento, bronceado, jugando al tenis.

—Deberías probarlo: sólo hace falta pedir una beca.

Movió la cabeza, con alguna tristeza.

—Lo intenté, ya lo intenté, pero parece que para mí es tarde. Por supuesto, ellos nunca lo van a reconocer, pero prefieren dárselas a chicas más jóvenes. Estoy por cumplir veintinueve años —me dijo, como si esa edad fuera una lápida definitiva y agregó con un tono súbitamente amargo—. A veces daría todo por escapar de aquí.

Yo miré en la distancia el verde del muérdago en las casas, las agujas de las cúpulas medievales, las muescas rectangulares de las torres almenadas.

—¿Escapar de Oxford? A mí me costaría imaginar un lugar más hermoso.

Una antigua impotencia pareció nublarle por un instante los ojos.

—Quizá… sí, si no tuvieras que encargarte todo el tiempo de una inválida y hacer todos los días algo que ya desde hace mucho no significa nada.

—¿No te gusta tocar el violoncelo?— Esto me parecía sorprendente, e interesante. La miré, como si por un instante pudiera quebrar la superficie inmóvil de sus ojos y acceder a una segunda capa.

—Lo odio —me dijo, y sus pupilas se oscurecieron—; cada vez lo odio más y cada vez me cuesta más disimularlo. A veces me da miedo que se note cuando tocamos, que el director o alguno de mis compañeros se dé cuenta de cómo detesto cada nota que toco. Pero terminamos cada concierto y la gente aplaude y nadie parece advertirlo. ¿No es gracioso?

—Yo diría que estás a salvo. No creo que haya una vibración especial del odio. En ese sentido la música es tan abstracta como la matemática: no puede distinguir categorías morales. En tanto sigas la partitura no me imagino una forma de detectarlo.

—Seguir la partitura… es lo que hice toda mi vida —suspiró. Habíamos llegado frente a la puerta y apoyó la mano en el picaporte. —No me hagas caso —me dijo—: hoy tuve un mal día.

—Pero el día no terminó —dije—: ¿no hay algo que pueda hacer yo para mejorarlo?

Me miró con una sonrisa entristecida y recobró el violoncelo.

—*Oh, you are such a Latin man* —murmuró, como si aquello fuera algo de lo que debiera protegerse, pero aun así, antes de cerrar la puerta, me dejó mirar por última vez sus ojos azules.

Pasaron dos semanas más. El verano empezó a anunciarse lentamente, con atardeceres suaves y muy largos. El primer miércoles de mayo, en el camino de regreso del Instituto, retiré de un cajero automático el dinero para pagar el alquiler de mi cuarto. Toqué el timbre en la puerta de Mrs. Eagleton y mientras esperaba a que me abrieran vi que por el camino que ondulaba hasta la casa se aproximaba un hombre alto, dando largos pasos, con una expresión seria y reconcentrada. Lo miré de soslayo cuando se detuvo a mi lado; tenía una frente ancha y despejada y ojos pequeños y hundidos, con una cicatriz notoria en el mentón. Tendría quizás unos cincuenta y cinco años, aunque cierta energía contenida en sus movimientos le daba todavía un aspecto juvenil. Hubo un pequeño momento de incomodidad mientras esperábamos los dos junto a la puerta cerrada, hasta que se decidió a preguntarme, con un acento escocés grave y armonioso, si ya había tocado el timbre. Le respondí que sí y toqué por segunda vez. Dije que quizá mi primer timbre había sido demasiado corto y al oírme el hombre distendió sus facciones en una sonrisa cordial y me preguntó si yo era argentino.

—Entonces —me dijo, cambiando a un perfecto castellano con un gracioso dejo porteño— usted debe ser el alumno de Emily.

Respondí que sí, sorprendido, y le pregunté dónde había aprendido español. Sus cejas se arquearon, como si mirara a un pasado muy lejano y me dijo que había sido muchos años atrás.

—Mi primera esposa era de Buenos Aires —y me extendió la mano—. Yo soy Arthur Seldom.

Pocos nombres hubieran podido despertar en mí una admiración mayor en esa época. El hombre de ojos pequeños y transparentes que me estrechaba la mano era ya entre los matemáticos una leyenda. Yo había estudiado durante meses para un seminario el más famoso de sus teoremas: la prolongación filosófica de las tesis de Gödel de los años 30. Se lo consi-

24

deraba una de las cuatro espadas de la Lógica y bastaba revisar la variedad en los títulos de sus trabajos para advertir que era uno de los raros casos de *summa* matemática: bajo esa frente despejada y serena se habían agitado y reordenado las ideas más profundas del siglo. En mi segunda incursión por las librerías de la ciudad yo había tratado de conseguir su último libro, una obra de divulgación sobre series lógicas, y me había enterado, con alguna sorpresa, de que estaba agotado desde hacía dos meses. Alguien me había dicho que desde la publicación de aquel libro Seldom había desaparecido del circuito de congresos y al parecer nadie se animaba a arriesgar qué estaría estudiando ahora. En todo caso, yo ni siquiera sabía que vivía en Oxford, y mucho menos hubiera esperado encontrármelo en la puerta de Mrs. Eagleton. Le dije que había expuesto sobre su teorema en un seminario y pareció agradecido por mi entusiasmo. Me daba cuenta, sin embargo, de que algo lo preocupaba y de que desviaba sin poder evitarlo su atención a la puerta.

—Mrs. Eagleton debería estar en la casa —me dijo—, ¿no es cierto?

—Yo hubiera creído que sí —dije—: allí está su silla a motor. A menos que la hayan venido a buscar en auto...

Seldom volvió a tocar el timbre, se acercó a escuchar contra la puerta, y caminó hasta la ventana que daba a la galería, esforzándose por mirar hacia adentro.

—¿Sabe si hay otra entrada por atrás? —Y me dijo en inglés:— Tengo miedo de que le haya pasado algo.

Vi, por la expresión de su cara, que estaba verdaderamente alarmado, como si supiera algo que no lo dejaba pensar sino en una sola dirección.

—Si a usted le parece —le dije—, podemos probar la puerta: creo que no la cierran durante el día.

Seldom apoyó la mano en el picaporte y la puerta se abrió serenamente. Entramos en silencio; nuestros pasos hicieron crujir las tablas de madera del piso. Se oía adentro, como un latido amortiguado, el vaivén sigiloso de un reloj de péndulo. Avanzamos a la sala y nos detuvimos junto a la mesa en el centro. Le hice un gesto a Seldom para señalarle la *chaise longue* junto a la ventana que daba al jardín. Mrs. Eagleton estaba tendida allí, y parecía dormir profundamente, con la cara vuelta hacia el respaldo. Una de las almohadas estaba caída sobre la alfombra, como si se le hubiera deslizado durante el sueño. La orla blanca del pelo estaba cuidadosamente protegida con una redecilla y los lentes habían quedado sobre una mesita, junto al tablero de scrabble. Parecía haber estado jugando sola, porque los dos atriles con letras estaban de su lado. Seldom se acercó y cuando le tocó con dos dedos el hombro, la cabeza se derrumbó pesadamente a un costado. Vimos al mismo tiempo los ojos abiertos y espantados y dos huellas paralelas de sangre que le corrían desde la altura de la nariz por la barbilla hasta unirse en el cuello. Di involuntariamente un paso hacia atrás y reprimí un grito. Seldom, que había sostenido la cabeza con un brazo, reacomodó como pudo el cuerpo y murmuró consternado algo que no alcancé a escuchar. Recogió la almohada y al alzarla de la alfombra vimos aparecer una gran mancha roja ya casi seca en el centro. Quedó por un instante con el brazo colgado a un costado, sosteniendo la almohada, sumido en una honda reflexión, como si explorara las ramificaciones de un cálculo complejo. Parecía profundamente perturbado. Fui yo el que se decidió a sugerir que debíamos llamar a la policía.

CAPÍTULO 3

—Me pidieron que esperásemos fuera de la casa —dijo Seldom lacónicamente después de colgar.

Salimos al pequeño porche de la entrada, sin tocar nada a nuestro paso. Seldom apoyó la espalda contra la baranda de la escalera y armó un cigarrillo en silencio. Las manos se detenían cada tanto en un pliegue del papel o repetían interminablemente un movimiento, como si se correspondieran con las detenciones y vacilaciones de una cadena de pensamientos que debía verificar con cuidado. El abrumamiento de unos minutos atrás parecía reemplazado ahora por un esforzado intento de dar sentido o racionalidad a algo incomprensible. Vimos aparecer dos patrulleros, que se estacionaron en silencio junto a la casa. Un hombre alto y canoso, de traje azul oscuro y mirada penetrante, se acercó a nosotros, nos estrechó rápidamente la mano y nos preguntó los nombres. Tenía unos pómulos filosos, que la edad sólo parecía ir vaciando y aguzando más, y un aire tranquilo pero resuelto de autoridad, como si estuviera acostumbrado a adueñarse allí donde llegara de la escena.

—Yo soy el inspector Petersen —dijo y señaló a

un hombre de guardapolvo verde que nos hizo al pasar una leve inclinación de cabeza—; él es nuestro médico forense. Entren por favor un momento con nosotros: tendremos que hacerles dos o tres preguntas.

El médico se colocó unos guantes de látex y se inclinó sobre la *chaise longue*, vimos a la distancia que revisaba cuidadosamente durante unos minutos el cuerpo de Mrs. Eagleton y tomaba algunas muestras de sangre y piel que pasaba a uno de sus ayudantes. Un fotógrafo disparó el flash un par de veces sobre la cara sin vida.

—Bien —dijo el médico y nos hizo una seña para que nos acercáramos—: ¿en qué posición exactamente la encontraron?

—La cara miraba contra el respaldo —dijo Seldom—; el cuerpo estaba de perfil... un poco más... Las piernas estiradas, el brazo derecho flexionado. Sí, creo que estaba así. —Me miró para que yo confirmara la posición.

—Y aquella almohada estaba en el suelo —agregué yo.

Petersen recogió la almohada y le hizo notar al forense la mancha de sangre en el centro.

—¿Recuerdan dónde?

—Sobre la alfombra, a la altura de la cabecera, parecía que se le hubiera caído mientras dormía.

El fotógrafo tomó dos o tres fotos más.

—Yo diría —dijo el forense dirigiéndose a Petersen— que la intención era asfixiarla, sin dejar rastros, mientras dormía. La persona que hizo esto retiró con cuidado la almohada bajo la cabeza, sin desarreglar la redecilla, o bien, encontró la almohada ya caída en el suelo. Pero mientras la apretaba sobre la cara, la anciana se despertó, y tal vez intentó resistirse. Aquí nuestro hombre se asustó más de lo debido, hundió entonces el dorso de la mano o quizá incluso apoyó una rodilla para hacer más fuerza y aplastó sin darse cuenta la nariz por debajo de la almohada. La sangre es simplemente eso: un poco de sangre de la nariz; las venitas a esa edad son muy frágiles. Cuando retiró la almohada se encontró con la cara ensangrentada. Posiblemente volvió a asustarse y la dejó caer sobre la alfombra sin intentar recomponer nada. Tal vez decidió que ya daba lo mismo y se fue lo más rápido posible. Yo diría que es una persona que mata por primera vez, probablemente diestra —extendió los dos brazos sobre la cara de Mrs. Eagleton para hacer una demostración—: la posición final de la almohada sobre la alfombra corresponde a este giro, que sería el más natural para una persona que la hubiera sostenido con la mano derecha.

—¿Hombre o mujer? —preguntó Petersen.

—Eso es interesante —dijo el forense—. Podría ser un hombre fuerte que la lastimó al aumentar simplemente la presión de los metacarpianos, o bien una mujer que se sintió débil y descargó sobre ella todo el peso de su cuerpo.

—¿Hora de la muerte?

—Entre las dos y las tres de la tarde. —El forense se dirigió a nosotros.— ¿A qué hora llegaron ustedes?

Seldom me consultó rápidamente con la mirada.

—Eran las cuatro y media —y dijo después, dirigiéndose a Petersen—: yo diría que más probablemente la mataron a las tres.

El inspector lo miró con un destello de interés.

—¿Sí? ¿Cómo lo sabe?

—Nosotros dos no llegamos juntos —dijo Seldom—. La razón por la que yo vine hasta aquí es una nota, un mensaje bastante extraño que encontré en mi casillero en Merton College. Desgraciadamente no le presté al principio mucha atención, aunque supongo que ya era tarde de todos modos.

—¿Qué decía el mensaje?

—*El primero de la serie* —dijo Seldom—. Solamente eso. En grandes letras mayúsculas. Debajo estaba la dirección de Mrs. Eagleton y la hora, como si fuera una cita: las 3 pm.

—¿Puedo verlo? ¿Lo trajo con usted?

Seldom negó con la cabeza.

—Cuando lo recogí de mi casillero eran casi las tres y cinco y yo estaba llegando tarde a mi seminario. Lo leí mientras iba camino a mi oficina y pensé, francamente, que era otro mensaje de un perturbado mental. Publiqué hace un tiempo un libro sobre series lógicas y tuve la mala idea de incluir un capítulo sobre crímenes en serie. Desde entonces recibo todo tipo de cartas con confesiones de crímenes… en fin, lo tiré en el cesto apenas entré en la oficina.

—¿Puede ser entonces que todavía esté allí? —dijo Petersen.

—Me temo que no —dijo Seldom—; cuando salí del aula volví a acordarme del mensaje. La dirección en Cunliffe Close me había dejado algo preocupado: recordé mientras daba la clase que Mrs. Eagleton vivía aquí, aunque no estaba seguro del número. Quise volver a leerlo, para confirmar la dirección, pero el ordenanza había entrado a limpiar mi oficina y el cesto de papeles estaba vacío. Fue por eso que decidí venir.

—Podemos hacer de todos modos un intento —dijo Petersen y llamó a uno de sus hombres—. Wilkie: vaya a Merton College y hable por favor con el ordenanza... ¿cuál es el nombre?

—Brent —dijo Seldom—. Pero no creo que sirva: a esta hora ya debe haber pasado el camión recolector.

—Si no aparece lo llamaremos para que le dé a nuestro dibujante una descripción de la letra; por ahora esto lo mantendremos en secreto: les pido a los dos máxima discreción. ¿Había algún otro detalle en el mensaje que usted pueda recordar? Tipo de papel, color de la tinta, o algo que le haya llamado la atención.

—La tinta era negra, yo diría que de lapicera fuente. El papel era blanco, común, tamaño carta. La letra era grande y clara. El mensaje estaba cuidadosamente doblado en cuatro en mi casillero. Y había, sí, un detalle intrigante: debajo del texto habían trazado prolijamente un círculo. Un círculo pequeño y perfecto, también en negro.

—Un círculo —repitió Petersen pensativo—; ¿como si fuera una firma? ¿Un sello? ¿O eso le dice a usted algo distinto?

—Tal vez tenga que ver con ese capítulo de mi libro sobre los crímenes en serie —dijo Seldom—; lo que yo sostengo allí es que, si uno deja de lado las películas y las novelas policiales, la lógica oculta detrás de los crímenes en serie —por lo menos de los que están históricamente documentados— es en general muy rudimentaria, y tiene que ver sobre todo con patologías mentales. Los patrones son muy burdos, lo característico es la monotonía y la repetición, y en su abrumadora mayoría están basados en alguna experiencia traumática o una fijación de la infancia. Es decir, son casos más apropiados para el análisis psiquiátrico que verdaderos enigmas lógicos. La conclusión del capítulo era que el crimen por motivaciones intelectuales, por pura vanidad de la razón, digamos, a la manera de Raskolnikov, o en la variante artística de Thomas de Quincey, no parece pertenecer al mundo real. O bien, agregaba en broma, los autores han sido siempre tan inteligentes que todavía no los hemos descubierto.

—Ya veo —dijo Petersen—; usted piensa que alguien que leyó su libro recogió el desafío. Y en ese caso el círculo sería…

—Quizás el primer símbolo de una serie lógica —dijo Seldom—. Sería una buena elección: es posiblemente el símbolo que admitió históricamente mayor variedad de interpretaciones, tanto dentro como fuera de la matemática. Puede significar casi cualquier cosa. Es en todo caso una manera ingeniosa de iniciar una serie: con un símbolo de máxima indeterminación al principio, de modo que estemos casi a ciegas sobre la posible continuación.

—¿Diría usted que esta persona es quizás un matemático?

—No, no: en absoluto. La sorpresa de mis editores fue justamente que el libro había llegado al público más variado. Y todavía no podemos ni siquiera decir que el símbolo deba interpretarse realmente como un círculo; quiero decir, yo vi antes que nada un círculo, posiblemente por mi formación matemática. Pero podría ser el símbolo de algún esoterismo, o de una religión antigua, o algo completamente distinto. Una astróloga hubiera visto posiblemente una luna llena, y su dibujante, el óvalo de una cara...

—Bien —dijo Petersen—, volvamos ahora por un momento a Mrs. Eagleton. ¿Usted la conocía bien?

—Harry Eagleton fue mi tutor de estudios y estuve algunas veces invitado a reuniones y a cenar aquí después de mi graduación. Fui amigo también de Johnny, el hijo de ellos, y de su esposa Sarah. Murieron juntos en un accidente, cuando Beth era una niña. Beth quedó desde entonces a cargo de Mrs. Eagleton. Últimamente veía bastante poco a las dos. Sabía que Mrs. Eagleton estaba luchando desde hacía tiempo con un cáncer, y que tuvo varias internaciones... la encontré algunas veces en Radcliffe Hospital.

—Y esta chica, Beth, ¿vive todavía aquí? ¿Cuántos años tiene ahora?

—Unos veintiocho, o quizá treinta... Sí, vivían juntas.

—Deberíamos hablar cuanto antes con ella, quisiera hacerle también algunas preguntas —dijo Petersen—. ¿Alguno de ustedes sabe dónde podríamos encontrarla ahora?

—Debe estar en el teatro Sheldonian —dije yo—. En el ensayo de la orquesta.

—Eso está en mi camino de regreso —dijo Seldom—; si a usted no le importa, me gustaría pedirle, como amigo de la familia, que me permita a mí darle esta noticia. Es posible que necesite ayuda también con los trámites del entierro.

—Seguro, no hay problema —dijo Petersen—; aunque el funeral tendrá que demorarse un poco: debemos hacer primero la autopsia. Dígale por favor a la señorita Beth que la esperamos aquí. Todavía tiene que trabajar el equipo de huellas, estaremos quizás un par de horas más. Fue usted el que avisó por teléfono, ¿no es cierto? ¿Recuerdan si tocaron algo más?

Los dos negamos con la cabeza. Petersen llamó a uno de sus hombres, que se acercó con un pequeño grabador.

—Sólo les voy a pedir entonces que hagan una breve declaración al teniente Sacks sobre sus actividades a partir del mediodía. Es de rutina, luego podrán irse. Aunque me temo que quizá tenga que volver a molestarlos con algunas preguntas más en los próximos días.

Seldom contestó durante dos o tres minutos a las

preguntas de Sacks y noté que cuando me llegó el turno a mí esperó discretamente a un costado a que yo me liberara. Pensé que quizá quería despedirse apropiadamente, pero cuando me volví a él me hizo una seña para que saliéramos juntos.

CAPÍTULO 4

—Pensé que tal vez podríamos caminar juntos hasta el teatro —dijo Seldom, mientras empezaba a armar un cigarrillo—. Me gustaría saber... —y pareció dudar, como si le costara encontrar la formulación correcta. Había oscurecido por completo y yo no alcanzaba a distinguir entre las sombras la expresión de su cara—. Me gustaría estar seguro —dijo finalmente— de que los dos vimos lo mismo allí. Quiero decir, antes de que llegara la policía, antes de todas las hipótesis y explicaciones: el primer cuadro que encontramos. Me interesa la impresión de usted, que era el único totalmente desprevenido.

Me quedé un instante pensativo, esforzándome por recordar y reconstruir cada detalle; me daba cuenta también de que quería demostrar alguna agudeza para no defraudar a Seldom.

—Creo —dije cautelosamente— que coincidiría en casi todo con la explicación del forense, salvo quizá por un detalle al final. Él dijo que al ver la sangre el asesino soltó la almohada y se fue lo más rápido posible, sin intentar recomponer nada...

—¿Y usted no cree que haya sido así?

—Posiblemente sea cierto que no recompuso nada, pero sí hizo por lo menos algo más antes de irse: dio vuelta la cara de Mrs. Eagleton contra el respaldo. Así fue como la encontramos.

—Tiene razón —asintió Seldom, con un lento movimiento de su cabeza—. Y eso, ¿qué indicaría para usted?

—No sé: quizá no resistió los ojos abiertos de Mrs. Eagleton. Si es, como dijo el forense, una persona que mataba por primera vez, quizá recién al ver esos ojos se dio cuenta de lo que había hecho y quiso, de alguna manera, apartarlos.

—¿Diría usted que conocía previamente a Mrs. Eagleton, o que la eligió casi al azar?

—No creo que haya sido totalmente al azar. Me llamó la atención lo que dijo usted después… que Mrs. Eagleton estaba enferma de cáncer. Tal vez sabía eso de ella: que de todas maneras moriría pronto. Esto parece corresponderse con la idea de un desafío sobre todo intelectual, como si hubiera buscado hacer el menor daño posible. Incluso la manera que eligió para matarla podría considerarse, si ella no hubiera despertado, bastante piadosa. Tal vez lo que sí sabía —se me ocurrió— es que *usted* conocía a Mrs. Eagleton y que esto lo forzaría a involucrarse.

—Es posible—dijo Seldom—; y también comparto que es alguien que quiso matar de la manera más leve posible. Precisamente, eso era lo que me preguntaba mientras escuchábamos al forense: cómo hubieran sido las cosas si todo le hubiera salido bien y la nariz de Mrs. Eagleton no hubiera sangrado.

40

—Solamente usted habría sabido, por el mensaje, que no se trataba de una muerte natural.

—Exactamente —dijo Seldom—; la policía hubiera quedado en principio afuera. Yo creo que esa era su intención: un desafío privado.

—Sí; pero en ese caso… —dije yo, dubitativo— no me queda claro cuándo escribió el mensaje para usted, si antes o después de matarla.

—Posiblemente el mensaje lo tenía escrito antes de matarla —dijo Seldom—; y aun cuando una parte del plan salió mal, decidió seguir adelante y dejarlo de todos modos en mi casillero.

—¿Qué cree que hará a partir de ahora?

—¿Ahora que la policía sabe? No sé. Supongo que tratará de ser más cuidadoso la próxima vez.

—O sea, ¿otro crimen que nadie vea como un crimen?

—Sí, eso es —dijo Seldom, casi para sí—: exactamente. Crímenes que nadie vea como crímenes. Creo que ahora lo empiezo a ver: crímenes imperceptibles.

Quedamos en silencio por un momento. Seldom parecía haberse encerrado en sus pensamientos. Habíamos llegado casi a la altura del Parque Universitario. En la vereda de enfrente se estacionó una gran limusina delante de un restaurante. Vi salir una novia que arrastraba la cola de su vestido y se llevaba una mano a la cabeza para mantener en equilibrio un gracioso tocado de flores. Hubo una pequeña algarabía de gente y flashes de fotografías a su alrededor. Noté que Seldom no parecía haber registrado la escena: caminaba con los ojos fijos y estaba absorto, enteramente vuelto dentro de sí. A pesar de esto, me decidí a interrumpirlo, para preguntarle sobre el punto que me había intrigado más.

—Sobre lo que le dijo usted al inspector, respecto del círculo y la serie lógica: ¿no cree que debe haber una conexión entre ese símbolo y la elección de la víctima o bien, quizá, con la forma que eligió para matarla?

—Sí, seguramente —dijo Seldom algo distraído, como si ya hubiera revisado aquello mucho antes—. Pero el problema es, como le dije a Petersen, que ni siquiera estamos seguros de que sea efectivamente un círculo y no, por decir algo, la serpiente de los gnósticos que se muerde la cola, o la letra O mayúscula de la palabra "omertá". Esa es la dificultad cuando usted conoce sólo el primer término de una serie: establecer el contexto en que debe ser leído el símbolo. Quiero decir, si debe considerarse desde el punto de vista puramente gráfico, digamos, en el plano sintáctico, sólo como una figura, o bien en el plano semántico, por alguna de sus posibles atribuciones de significado. Hay una serie bastante conocida que yo doy como primer ejemplo al principio de mi libro para explicar esta ambigüedad… déjeme ver… —dijo y buscó en sus bolsillos hasta encontrar una lapicera y una libretita de notas. Arrancó una hoja que apoyó en la libreta y sin dejar de caminar dibujó con cuidado tres figuras y me extendió el papel para que las mirara. Habíamos llegado a Magdalen Street y pude estudiar las figuras sin dificultad bajo la luz amarilla y difusa de las lámparas. La primera era indudablemente una M mayúscula, la segunda parecía un corazón sobre una línea; la tercera era el número ocho.

M ♡ 8

—¿Cuál diría usted que es la cuarta figura? —me preguntó Seldom.

—Eme, corazón, ocho… —dije, tratando de darle a aquello algún sentido. Seldom esperó, algo divertido, a que yo pensara todavía durante un par de minutos.

—Estoy seguro de que podrá resolverlo apenas lo piense un poco esta noche en su casa —me dijo—. Lo que yo quería mostrarle simplemente es que estamos en este momento como si nos hubieran dado sólo el primer símbolo —dijo y tapó con su mano sobre el papel el corazón y el ocho—. Si usted hubiera visto únicamente esta figura, esta letra M, ¿qué estaría inclinado a pensar?

—Que se trata de una serie de letras, o el principio de una palabra que empieza con M.

—Exactamente —dijo Seldom—. Le hubiera dado a este símbolo el significado no sólo de letra en general, sino de una letra bien precisa y determinada, la M mayúscula. Sin embargo apenas ve usted el segundo símbolo de la serie, las cosas cambian, ¿no es cierto? Ya sabe, por ejemplo, que no puede esperar una palabra. Este símbolo es, por otro lado, bastante heterogéneo con respecto al primero, es de otro orden, hace pensar, por ejemplo, en las barajas francesas. En cualquier caso, tiene el efecto de cuestionar hasta cierto punto el significado inicial que le habíamos atribuido al primer símbolo. Todavía podemos pensar que es una letra, pero ya no parece tan importante que sea exactamente una eme. Y cuando hacemos entrar en juego al tercer símbolo, otra vez el primer impulso es reorganizar todo de acuerdo a lo conocido: si lo interpretamos como el número ocho, tendemos a pensar en una serie que empieza con una letra, sigue con un corazón, sigue con un número. Pero fíjese que estamos razonando todo el tiempo sobre significados que asignamos —casi automáticamente— a lo que son en principio, solamente dibujos, líneas sobre el papel. Esta es la pequeña malicia de la serie: que resulta difícil despegar a estas tres figuras de su interpretación más obvia e inmediata. Ahora bien, si usted consigue ver por un momento los símbolos desnudos, sólo como figuras, encontrará la constante que destruye todos los significados anteriores y le dará la clave de la continuación.

Pasamos por la ventana iluminada de The Eagle and Child. Adentro la gente se agolpaba contra la barra y, como en una película muda, reían en silencio mientras alzaban jarros de cerveza. Cruzamos y doblamos a la izquierda bordeando un monumento. Vi aparecer delante de nosotros la pared redonda del teatro.

—Lo que usted quiere decir es que, en nuestro

44

caso, para determinar el contexto necesitaríamos por lo menos un término más...

—Sí —dijo Seldom—; con el primer término estamos todavía completamente a oscuras; no podemos ni siquiera resolver sobre esa primera bifurcación: si debemos considerar al símbolo como un trazo sobre el papel, o intentar atribuirle algún significado. Desgraciadamente no nos queda más que esperar.

Había subido mientras me hablaba las escalinatas del teatro y yo lo seguí adentro del hall, sin decidirme a dejarlo ir. La entrada estaba desierta, pero era fácil guiarse por el rastro de la música, que tenía la alegría ligera de una danza. Subimos tratando de no hacer ruido una de las escaleras y caminamos por un corredor alfombrado. Seldom entreabrió una de las puertas laterales, que tenía un revestimiento mullido de rombos, y nos asomamos a un palco desde donde se veía la pequeña orquesta en el centro del escenario. Estaban ensayando lo que parecía una czarda de Liszt. La música nos llegaba ahora clara y potente. Beth estaba inclinada hacia adelante en su silla, con el cuerpo tenso, y el arco subía y bajaba con furia sobre el violoncelo; escuché el desencadenamiento vertiginoso de las notas, como látigos sobre caballos, y en el contraste entre la ligereza y alegría de la música y el esfuerzo de los ejecutantes recordé lo que me había dicho unos días atrás. Su cara estaba transfigurada por la concentración en seguir la partitura. Los dedos se movían velocísimos sobre el diapasón y aun así había algo distante en su mirada, como si solamente una parte de ella estuviera allí. Retrocedimos con Seldom al pasillo. Su expresión se había vuelto otra vez grave y reservada. Me di cuenta de que estaba nervioso: había empezado a armar mecánicamente otro cigarrillo que no podría encender ahí. Murmuré unas palabras para despedirme y Seldom me estrechó la mano con fuerza y volvió a agradecerme que lo hubiera acompañado.

—Si está libre el viernes al mediodía —dijo—, me gustaría invitarlo a almorzar conmigo en el Merton; tal vez se nos ocurra entretanto algo más.

—Claro que sí: el viernes es perfecto para mí —dije.

Bajé la escalinata y salí otra vez a la calle. Hacía frío y había empezado a lloviznar. Cuando estuve otra vez bajo las lámparas de la avenida saqué del bolsillo el papel en que Seldom había dibujado las tres figuras, tratando de proteger la tinta de las pequeñas gotas. Casi reí al descubrir a mitad de camino la simplicidad de la solución.

CAPÍTULO 5

Cuando dejé atrás la última ondulación del *close* y me acerqué a la casa vi que los patrulleros seguían allí; había ahora también una ambulancia y una camioneta azul con el logotipo del *Oxford Times*. Un hombre larguirucho con rulos grises sobre la frente me detuvo cuando empezaba a bajar la escalerita hacia mi habitación; tenía un pequeño grabador y una libreta de apuntes en la mano. Antes de que pudiera presentarse, el inspector Petersen se asomó a la ventana que daba a la galería y me hizo una seña para que me acercara.

—Preferiría que no mencione a Seldom —me dijo en voz baja—. Dimos únicamente el nombre de usted a la prensa, como si hubiera estado solo al encontrar el cadáver.

Asentí y volví junto a la escalera. Mientras respondía las preguntas vi que se estacionaba un taxi. Beth bajó con su violoncelo y pasó muy cerca de nosotros sin vernos. Tuvo que decirle su nombre al policía de la entrada para que le permitieran pasar. Su voz sonó débil y algo estrangulada.

—Así que esta es la chica —dijo el periodista mirando su reloj—. También tengo que hablar con ella, creo que hoy ya me perderé la cena. Una última pregunta: ¿qué le dijo Petersen recién, cuando le pidió que se acercara?

Dudé un instante antes de responderle.

—Que tal vez tenían que molestarme con algunas preguntas más mañana —dije.

—No se preocupe —me dijo—. No sospechan de usted.

Reí.

—¿Y de quién sospechan? —le pregunté.

—No sé: supongo que de la chica. Sería lo más natural, ¿no es cierto? Es la que se quedará con el dinero y con la casa.

—No sabía que Mrs. Eagleton tenía dinero.

—Es la pensión para héroes de la guerra. No es una fortuna, pero para una mujer sola…

—Igualmente: ¿no estaba Beth ya en el ensayo a la hora del crimen?

El hombre pasó hacia atrás las hojas de su libreta.

—Veamos: la muerte ocurrió entre las dos y las tres, según el informe del forense. Hay una vecina que se cruzó con ella cuando salía hacia el Sheldonian un poco después de las dos. Yo llamé al teatro hace un rato: la chica llegó puntualmente para el ensayo a las dos y media. Pero todavía quedan esos minutos, antes de que saliera. De modo que estaba en la casa, pudo hacerlo, y es la única beneficiada.

—¿Va a sugerir eso en su artículo? —dije, y creo que mi voz sonó algo indignada.

—¿Por qué no? Es más interesante que atribuírselo a un ladrón y recomendar a las amas de casa que mantengan las puertas cerradas. Voy a tratar de hablar ahora con ella —y me dirigió una breve sonrisa maliciosa—: lea mi nota mañana.

Bajé a mi cuarto y sin encender las luces me quité los zapatos y me eché en la cama, con un brazo cruzado sobre los ojos. Una vez más intenté rehacer en mi memoria el momento en que entramos con Seldom en la casa y toda la secuencia de nuestros movimientos, pero no parecía haber nada más allí: nada, por lo menos, de lo que Seldom podría estar buscando. Sólo reaparecía en toda su vividez el movimiento dislocado del cuello y la cabeza de Mrs. Eagleton al derrumbarse, con los ojos abiertos y espantados. Escuché el motor de un auto que se ponía en marcha y me icé sobre los brazos para mirar por la ventana. Vi cómo sacaban el cadáver de Mrs. Eagleton en una camilla y lo subían a la ambulancia. Los dos patrulleros encendieron las luces; al maniobrar para salir los conos amarillos proyectaron una sucesión de sombras fantasmagóricas y huidizas sobre las paredes de las casas. La camioneta del *Oxford Times* ya no estaba y cuando la pequeña comitiva de autos se perdió en la primera curva, el silencio y la oscuridad del *close* me parecieron por primera vez agobiantes. Me pregunté qué estaría haciendo Beth arriba, a solas en la casa. Prendí la lámpara y vi sobre el escritorio los *papers* de Emily Bronson con algunas de mis notas en los márgenes. Me preparé un café y me senté, con el propósito de retomar donde los había dejado. Estudié durante más de una hora, sin llegar mucho más lejos. Tampoco conseguía la pequeña calma piadosa, ese singular bálsamo intelectual, el simulacro de orden en el caos, que se obtiene al seguir los pasos de un teorema. Escuché de pronto lo que me parecieron unos golpes amortiguados en la puerta. Eché hacia atrás la silla y esperé un instante. Los golpes se repitieron, con más claridad. Abrí y distinguí en la oscuridad la cara confusa y algo avergonzada de Beth. Tenía puesto un deshabillé violeta y estaba en chinelas, con el pelo sólo sujeto adelante por una vincha, como si algo la hubiese hecho saltar de la cama. La hice pasar y se quedó junto a la puerta, con los brazos cruzados y los labios algo temblorosos.

—¿Puedo pedirte un favor? Sólo por esta noche —dijo, con la voz entrecortada—: no consigo dormirme allá arriba... ¿podría quedarme aquí hasta la mañana?

—Por supuesto, claro que sí —dije—. Voy a desarmar el sillón, así te dejo mi cama.

Me agradeció, aliviada, y se dejó caer sobre una de las sillas. Miró algo aturdida en torno y vio mis papeles desparramados sobre el escritorio.

—Estabas estudiando —dijo—. No quisiera interrumpirte.

—No, no —dije—, estaba por hacer un intervalo, yo tampoco podía concentrarme. ¿Preparo un café?

—Preferiría un té para mí —dijo.

Nos quedamos en silencio, mientras yo ponía a calentar agua y trataba de encontrar una fórmula de condolencia adecuada. Pero fue ella la que habló primero.

—Me dijo tío Arthur que estabas con él cuando la encontraron… debió ser horrible. Yo también tuve que verla: me hicieron reconocer el cadáver. Dios mío —dijo, y sus ojos se volvieron transparentes, de un azul líquido y tembloroso—: nadie se había preocupado por cerrarle los ojos.

Giró la cabeza y la alzó un poco hacia un costado, como si pudiera hacer retroceder las lágrimas.

—Realmente lo lamento mucho —murmuré—: sé cómo te estarás sintiendo…

—No, no creo que sepas —dijo—. No creo que nadie lo sepa. Era lo que había estado esperando durante todo este tiempo. Desde hace años. Aunque sea terrible decirlo: desde que supe que tenía cáncer. Me imaginaba que ocurriría casi como fue, que alguien vendría a decírmelo, en la mitad de un ensayo. Rogaba que fuera así, que ni siquiera tuviese que verla mientras la llevaban. Pero el inspector quiso que la reconociera. ¡No le habían cerrado los ojos! —volvió a decir en un susurro consternado, como si se hubiera cometido una injusticia inexplicable—. Me paré junto a ella pero no pude mirarla; temía que todavía, de algún modo, pudiera hacerme daño, que pudiera arrastrarme, que no me soltara. Y creo que lo consiguió. Sospechan de mí —dijo, abatida—. Petersen me hizo muchísimas preguntas, con ese modo fingidamente considerado y después, ese horrible hombre del periódico ni se molestó en disimularlo. Les dije lo único que sé: que cuando me

51

fui, a las dos, estaba dormida, junto al tablero de scrabble. Pero siento que no tendría fuerzas para defenderme. Soy la persona que más deseaba verla muerta, mucho más, estoy segura, que quienquiera que la haya matado.

Parecía consumida por los nervios; las manos le temblaban inconteniblemente y al advertir mi mirada las ocultó cruzando los brazos bajo las axilas.

—En todo caso —dije, mientras le alcanzaba la taza—, no creo que Petersen realmente esté pensando nada de eso: saben algo más, que no quisieron difundir. ¿No te dijo nada el profesor Seldom?

Negó con la cabeza y me arrepentí de haber hablado. Pero vi sus ojos azules, expectantes, como si temieran todavía dejar paso a una esperanza, y decidí que la indiscreción latina podía ser más piadosa que la reserva británica.

—Sólo te puedo decir esto, porque nos pidieron que lo mantuviéramos en secreto. El que la mató le dejó a Seldom un mensaje en su casillero. En la nota aparecía escrita la dirección de la casa y también la hora: las tres de la tarde.

—Las tres de la tarde —repitió ella lentamente, como si un peso enorme la liberara de a poco—. A esa hora yo ya estaba en el ensayo. —Sonrió de una manera temerosa, como si una batalla larga y difícil empezara a ser ganada y tomó un sorbo de su té. Me miró con gratitud por encima de la taza.

—Beth… —dije. Su mano junto al regazo había quedado cerca de la mía y tuve que contener el impulso de tocarla—. Sobre lo que dijiste antes… si yo puedo ayudarte de algún modo con los trámites del funeral, o con cualquier cosa que precises, no dudes en pedirme lo que sea. Seguramente el profesor Seldom o Michael ya te habrán ofrecido pero…

—¿Michael? —dijo y rió secamente—. No creo que pueda contar mucho con él, está aterrado con esto. —Y agregó con una nota de desprecio, como si describiera a una especie particularmente cobarde:— Es un hombre casado.

Se puso de pie y antes de que pudiera impedirlo se acercó al lavabo junto a mi escritorio para enjuagar su taza.

—Pero supongo, sí, que siempre puedo acudir al tío Arthur. Eso era algo que solía decirme mi madre. Creo que era la única que sabía cómo era la bruja bajo su máscara. Siempre me decía que si me quedaba sola y necesitaba ayuda recurriera al tío Arthur. "¡Si se te ocurre la manera de arrancarlo de sus fórmulas!", me decía. Es una especie de genio matemático, ¿no es cierto? —me preguntó con un dejo distraído de orgullo.

—Uno de los más grandes —dije.

—Sí, eso es lo que decía mi madre. Mirando ahora hacia atrás, supongo que estaría un poco enamorada en secreto de él. Siempre estaba pendiente de las visitas del tío Arthur. Pero será mejor que me calle de una vez, antes de que te cuente todos mis secretos.

—Eso sería divertido —dije.

—*¿Qué es una mujer sin secretos?* —Se quitó la vincha, que dejó sobre la mesa de luz y se echó con las dos manos el pelo hacia atrás, alzándolo un poco antes de soltarlo detrás de la cabeza.— Oh, no me hagas caso —dijo—, es el estribillo de una vieja canción galesa.

Se acercó a la cama y retiró el edredón. Subió las manos al cuello del deshabillé.

—Si te das vuelta un momento —me dijo—, me gustaría quitarme esto.

Fui con mi taza al lavabo. Cuando cerré la canilla y el agua dejó de correr me quedé todavía de espaldas un instante. Escuché que pronunciaba mi nombre, con un esfuerzo conmovedor, tropezando en la doble ele. Se había metido en la cama y el pelo se esparcía seductoramente sobre la almohada. El edredón la cubría casi hasta el cuello pero había dejado fuera uno de los brazos.

—¿Puedo pedirte un último favor? Es algo que hacía mi madre cuando era pequeña. ¿Podrías darme la mano hasta que me duerma?

—Claro que sí —dije. Apagué la lámpara y me fui a sentar en el borde de la cama. La luz de la luna entraba débilmente desde la altura del techo e iluminaba su brazo desnudo. Puse mi palma sobre la suya y entrelazamos al mismo tiempo los dedos. Su mano era cálida y seca. Miré más de cerca la piel suave del dorso y los dedos largos, con las uñas cortas y prolijas, que se habían abandonado confiadamente en los míos. Algo me había llamado la atención. Giré disimuladamente con cuidado mi muñeca para ver del otro lado su dedo pulgar. Allí estaba, pero era curiosamente delgado y muy pequeño, como si perteneciera a otra mano, una mano infantil, la mano de una niñita. Noté que abría los ojos y me miraba. Quiso retirar la mano pero yo la apreté más fuerte y acaricié con mi propio pulgar su pulgar diminuto.

—Ya descubriste el peor de mis secretos —dijo—. Todavía me chupo el dedo de noche.

CAPÍTULO 6

Cuando me desperté a la mañana siguiente Beth ya
se había ido. Miré algo desconcertado la suave con-
cavidad que había dejado su cuerpo en la cama y
estiré la mano para buscar mi reloj: eran las diez de
la mañana. Me levanté de un salto; había quedado
en encontrarme con Emily Bronson en el Instituto
antes del mediodía y todavía no había leído sus trabajos. Con cierta sensación de extrañeza, puse en
mi bolso la raqueta y la ropa de tenis. Era jueves y
en la marcha habitual de mi mundo todavía tenía
mi partido por la tarde. Antes de salir volví a dar un
vistazo decepcionado al escritorio y la cama. Hubiera esperado encontrar aunque más no fuera una
pequeña nota, un par de líneas de Beth, y tuve que
preguntarme si esa desaparición sin mensajes no
sería precisamente el mensaje.

Era una mañana tibia y serena, que hacía aparecer lejano y vagamente irreal el día anterior. Pero
cuando salí al jardín Mrs. Eagleton no estaba allí
arreglando los canteros, y las cintas amarillas de la
policía todavía rodeaban el porche. Un poco antes
de llegar al Instituto crucé a uno de los quioscos de
Woodstock Road y compré una *dona* y el diario. En-

cendí en mi oficina la cafetera eléctrica y abrí el diario sobre el escritorio. La noticia encabezaba la página de Locales con un gran titular: *Asesinan a una ex heroína de guerra*. Habían incluido una foto de una Mrs. Eagleton juvenil e irreconocible y otra del frente de la casa con el vallado de contención y los autos de policía estacionados. En la nota principal mencionaban que el cadáver había sido encontrado por un inquilino, un estudiante argentino de matemática, y que la última que había visto con vida a la viuda era su única nieta, Elizabeth. No había en el relato nada que yo no conociera; la autopsia, en las últimas horas de la noche, al parecer tampoco había arrojado nada nuevo. En un recuadro sin firma se hablaba de la investigación policial. Reconocí de inmediato, bajo la aparente impersonalidad del estilo, el tono insidioso del periodista que me había entrevistado. Afirmaba que la policía se inclinaba a descartar que el crimen hubiera sido cometido por un intruso, a pesar de que la puerta de entrada estaba sin llave. Nada había sido tocado o robado en la casa. Había aparentemente una pista, que el inspector Petersen mantenía en secreto. El cronista estaba en condiciones de arriesgar que esa pista podría incriminar "a miembros del círculo familiar más íntimo de Mrs. Eagleton". Inmediatamente dejaba saber que el único familiar directo era Beth, quien heredaría "una modesta fortuna". De todas maneras, concluía la nota, hasta que hubiera otras novedades, el *Oxford Times* acompañaba la recomendación del inspector Petersen para que las amas de casa olvidaran los buenos viejos tiempos y mantuvieran a toda hora la puerta con llave.

Pasé las páginas para buscar la sección de necrológicas; una larga lista de nombres se asociaba al duelo. Había uno de la Asociación Británica de Scrabble y otro del Instituto de Matemática en el que figuraban Emily Bronson y Seldom. Separé la página y la guardé en un cajón de mi escritorio. Me serví otra taza de café y me sumergí durante un par de horas en los *papers* de mi directora. A la una bajé a su oficina y la encontré almorzando un sandwich, con una servilleta de papel desplegada sobre los libros. Dio un pequeño grito de alegría cuando abrí la puerta, como si me viera regresar a salvo de una expedición llena de peligros. Hablamos del crimen durante unos minutos y le conté lo que pude, suprimiendo a Seldom de la escena; parecía realmente consternada y algo preocupada por mí. Me preguntó si la policía no me había molestado demasiado. Podían ponerse muy desagradables con los extranjeros, me dijo. Parecía a punto de disculparse por haberme sugerido alquilar allí. Hablamos todavía un rato más, mientras terminaba el sandwich. Lo comía sujetándolo con las dos manos y dando pequeños mordiscos en hilera como picotazos.

—No sabía que Arthur Seldom estaba en Oxford —dije en un momento.

—Bueno, ¡creo que nunca salió de aquí! —dijo Emily con una sonrisa—. Arthur piensa, como yo, que si uno espera el tiempo suficiente, todos los matemáticos acaban viniendo a Oxford en peregrinación. Tiene una posición regular en el Merton. Aunque es cierto que no se deja ver demasiado. ¿Dónde lo encontraste?

—Vi su nombre en el aviso fúnebre del Instituto —dije con cautela.

—Podría arreglar para que lo conocieras, si te interesa. Creo que habla muy bien en castellano. Su primera esposa era argentina —me dijo—. Trabajaba como restauradora en el museo Ashmolean, en el gran friso asirio.

Se interrumpió, como si hubiera cometido sin querer una pequeña indiscreción.

—Ella... ¿murió? —aventuré.

—Sí —dijo Emily—. Hace muchos años. Fue en el accidente en que murieron también los padres de Beth: estaban los cuatro en el auto. Eran inseparables. Iban a Clovelly, por un fin de semana. Arthur fue el único que se salvó.

Plegó la servilleta y la arrojó cuidadosamente al cesto para que no cayeran las migas. Tomó un traguito de su botella de agua mineral y se ajustó levemente los lentes sobre la nariz.

—Y bien —dijo, tratando de enfocarme con sus ojos de un celeste desvaído, casi blanquecino— ¿te quedó algún tiempo para leer los trabajos?

Cuando salí del Instituto con mi raqueta eran las dos de la tarde. Por primera vez el calor agobiaba y las calles parecían adormecidas bajo el sol del verano. Vi doblar lentamente, delante de mí, con la pesadez de una oruga, uno de los buses de dos pisos del Oxford Guide Tours, con turistas alemanes que se protegían con viseras y gorritos y hacían señas de admiración al edificio rojo de Keble College. Adentro del Parque Universitario los estudiantes improvisaban picnics sobre el césped. Me invadió una fuerte sensación de incredulidad, como si la muerte de Mrs. Eagleton ya se hubiera desvanecido. Los crímenes imperceptibles, había dicho Seldom. Pero en el fondo, todo crimen, toda muerte, agitaba apenas las aguas y se volvía pronto imperceptible. Habían pasado menos de veinticuatro horas. Nada parecía haberse perturbado. ¿No iba yo mismo, como todos los jueves, a mi partido de tenis? Y sin embargo, como si después de todo sí se hubieran puesto en marcha secretamente pequeños cambios, noté una quietud desacostumbrada al entrar en el camino curvo que desembocaba en el Marston. Sólo se escuchaba el golpe rítmico y solitario de una pelota contra el frontón, con su agigantado eco vibrante. No estaban en el estacionamiento los autos de John y de Sammy, pero descubrí el Volvo rojo de Lorna subido sobre el césped contra el alambrado de una de las canchas. Di la vuelta al edificio de los vestuarios y la encontré practicando su revés contra la pared con un ímpetu reconcentrado. Aun desde la distancia podía ver la bella línea de las piernas, firmes y delgadas, que la pollera muy corta dejaba al descubierto, y cómo se tensaban y sobresalían sus pechos con el giro de la raqueta en cada golpe. Detuvo la pelota mientras me aproximaba a ella y pareció sonreír para sí.

—Pensé que ya no vendrías —me dijo. Se secó la

frente con el dorso de la mano y me dio un beso rápido en la mejilla. Me miró con una sonrisa intrigada, como si se contuviese de preguntarme algo, o como si participáramos de una confabulación en la que estuviéramos los dos en el mismo bando pero no supiera muy bien cuál era su parte.

—¿Qué pasó con John y Sammy? —pregunté.

—No sé —me dijo, y abrió con inocencia sus grandes ojos verdes—. Nadie me llamó. Ya estaba por pensar que se habían puesto los tres de acuerdo para dejarme sola.

Fui al vestuario y me cambié rápidamente, algo sorprendido por mi inesperada buena suerte. Todas las canchas estaban vacías; Lorna me esperaba junto a la puerta de alambre. Alcé el pasador; Lorna entró delante de mí y en el pequeño trecho hacia el banco, se dio vuelta para mirarme otra vez, algo indecisa. Finalmente me dijo, como si no pudiera contenerse:

—Vi en el diario lo del asesinato —los ojos le brillaron con algo parecido al entusiasmo—. Dios mío: yo la *conocía* —dijo, como si todavía estuviera sorprendida, o como si aquello hubiera debido servirle a la pobre Mrs. Eagleton de escudo—. Y también vi algunas veces a la nieta en el hospital. ¿Es verdad que fuiste el que descubrió el cadáver?

Asentí, mientras sacaba la raqueta de la funda.

—Quiero que me prometas que después vas a contarme todo —me dijo.

—Tuve que prometer que no iba a contar nada —dije.

—¿En serio? Eso lo hace todavía más interesante. ¡Yo sabía que había algo más! —exclamó—. No fue ella, la nieta, ¿no es cierto? Te advierto —me dijo, apoyándome un dedo en el pecho—: no está permitido tener secretos con tu compañera favorita de dobles: vas a tener que contármelo.

Reí, y le pasé sobre la red una de las pelotas. En el silencio del club desierto empezamos a cruzar tiros largos desde el fondo. Hay quizá sólo algo más intenso en el tenis que un tanto muy disputado y son justamente estos peloteos iniciales desde la base, donde se trata, inversamente, de sostener la pelota, de mantenerla en juego el mayor tiempo posible. Lorna era admirablemente segura en sus dos golpes y resistía y se amurallaba contra las líneas hasta que podía ganar el espacio suficiente para perfilarse otra vez de drive y contraatacar desde el rincón con un golpe esquinado. Los dos jugábamos dejando la pelota lo bastante lejos y lo bastante cerca para que el otro corriera y la alcanzara, y aumentábamos un poco más la velocidad con cada golpe. Lorna se defendía valientemente, cada vez más agitada, y sus zapatillas dejaban largas huellas cuando resbalaba de lado a lado de la cancha. Después de cada tanto volvía al centro, resoplaba, y se apretaba hacia atrás con un movimiento gracioso su cola de caballo. El sol le daba de frente y hacía brillar bajo la pollera las piernas largas y bronceadas. Jugábamos en silencio, concentrados, como si algo más importante empezara a decidirse adentro de la cancha. Solamente marcábamos las pelotas malas. En uno de los tantos más largos, cuando se recobraba para volver al centro después de un tiro muy esquinado, tuvo que girar a contrapié para alcanzar otra pelota sobre su revés. Vi que en el esfuerzo de la contorsión una de sus piernas cedía. Cayó pesadamente de costado y quedó tendida boca arriba, con la raqueta lejos del cuerpo. Me acerqué algo preocupado a la red. Me di cuenta de que no estaba golpeada sino sólo exhausta. Respiraba afanosamente, con los brazos extendidos hacia atrás, como si no pudiera juntar fuerzas para levantarse. Pasé por encima de la red y me incliné a su lado. Me miró, y sus ojos verdes tenían un extraño destello bajo el sol, a la vez burlón y expectante. Cuando le alcé la cabeza se incorporó a medias sobre uno de los codos y me pasó a su vez un brazo detrás del cuello. Su boca quedó muy cerca de la mía y sentí el soplo caliente de su respiración, todavía entrecortada. La besé y se dejó caer otra vez lentamente de espaldas arrastrándome sobre ella mientras la besaba. Nos separamos un instante y nos miramos con esa primera mirada honda, feliz y algo sorprendida de los amantes. Volví a besarla y sentí mientras la estrechaba cómo se hundían en mi pecho las puntas de sus pechos. Deslicé una mano bajo su remera y ella me dejó acariciar por un instante el pezón pero me detuvo, alarmada, cuando intenté pasar mi otra mano debajo de su falda.

—Un momento, un momento —susurró, mirando a los costados—. ¿En tu país hacen el amor en las canchas de tenis? —Me entrelazó la mano para apartarme suavemente y me dio otro beso rápido.— Vamos a mi casa. —Se puso de pie, arreglándose como pudo la ropa y sacudiéndose el polvo de ladrillo de la falda.— Si vas por tus cosas, no te duches —murmuró—: yo te espero en el auto.

Manejó en silencio; de tanto en tanto sonreía para sí y giraba un poco la cabeza para mirarme. En uno de los semáforos estiró la mano y me acarició la cara.

—Pero entonces —le pregunté en un momento—. Lo de John y Sammy....

—¡No! —dijo riendo, pero con un tono menos convincente que la primera vez—, no tuve nada que ver. ¿No creen acaso los matemáticos en las casualidades?

Estacionamos en una de las calles laterales de Summertown. Subimos dos pisos por una pequeña escalerita alfombrada; el departamento de Lorna era una especie de buhardilla en la parte alta de una gran casona victoriana. Me hizo pasar y nos besamos otra vez contra la puerta.

—Voy un momento al baño, ¿sí? —me dijo, y caminó por el pasillo hacia una puerta con vidrio esmerilado.

Me quedé en la pequeña sala mirándolo todo alrededor; había un desorden abigarrado y simpático, fotos de viajes, muñecos, afiches de películas y muchísimos libros en una bibliotequita que en algún momento había dejado de dar abasto. Me incliné a mirar los títulos. Eran todas novelas policiales. Me asomé un instante al cuarto; la cama estaba prolijamente tendida, con un cobertor que rozaba el piso a los costados.

Sobre la mesa de luz había un libro abierto boca abajo. Me acerqué y lo di vuelta. Leí el título y más arriba el nombre del autor con una especie de estupor congelado: era el libro de Seldom sobre las series lógicas. Estaba furiosamente subrayado, con anotaciones ilegibles en los márgenes. Sentí el ruido de la ducha que se abría, y luego el roce de los pies descalzos de Lorna en el pasillo y su voz que me llamaba. Volví a dejar el libro como estaba y regresé a la sala.

—Y bien —me dijo desde la puerta, dejándome ver que ya estaba desnuda—, ¿todavía con los pantalones puestos?

CAPÍTULO 7

—Hay una diferencia entre la verdad y la parte de verdad que puede demostrarse: ése es en realidad un corolario de Tarski sobre el teorema de Gödel —dijo Seldom—. Por supuesto, los jueces, los forenses, los arqueólogos, sabían esto mucho antes que los matemáticos. Pensemos en cualquier crimen con sólo dos posibles sospechosos. Cualquiera de ellos sabe toda la verdad que interesa: *yo fui* o *yo no fui*. Pero la justicia no puede acceder directamente a esa verdad y tiene que recorrer un penoso camino indirecto para reunir pruebas: interrogatorios, coartadas, huellas digitales... Demasiadas veces las evidencias que se encuentran no alcanzan para probar ni la culpabilidad de uno ni la inocencia del otro. En el fondo, lo que mostró Gödel en 1930 con su teorema de incompletitud es que exactamente lo mismo ocurre en la matemática. El mecanismo de corroboración de la verdad que se remonta a Aristóteles y Euclides, la orgullosa maquinaria que a partir de afirmaciones verdaderas, de primeros principios irrebatibles, avanza por pasos estrictamente lógicos hacia la tesis, lo que llamamos, en una palabra, el método axiomático, puede ser a veces tan insuficiente como los criterios precarios de aproximación de la justicia —Seldom se detuvo sólo un momento para extender la mano hacia la mesa vecina en busca de una servilleta de papel. Pensé que se proponía escribir una de sus fórmulas allí pero simplemente se la pasó con un gesto rápido por el costado de la boca antes de seguir hablando—. Gödel mostró que aun en los niveles más elementales de la aritmética hay enunciados que no pueden ser ni demostrados ni refutados a partir de los axiomas, que están más allá del alcance de estos mecanismos formales, enunciados sobre los que ningún juez podría dictaminar su verdad o falsedad, su culpabilidad o inocencia. La primera vez que estudié el teorema no estaba todavía graduado, Eagleton era mi tutor formal, y lo que más me llamó la atención, una vez que logré entender y sobre todo *aceptar* lo que realmente decía el teorema, lo que me pareció sobre todo curioso fue que los matemáticos se hubieran manejado perfectamente, sin sobresaltos, durante tanto tiempo, con una intuición tan drásticamente equivocada. Más aún, casi todos creyeron al principio que era Gödel el que había cometido algún error y que pronto aparecería alguna grieta en su demostración; el propio Zermelo abandonó todos sus trabajos y dedicó dos años enteros de su vida a tratar de invalidarla. Esa fue la primera pregunta que me hice: ¿por qué los matemáticos no tropezaron durante siglos con ninguno de estos enunciados indecidibles, por qué también después de Gödel, ahora mismo, la matemática puede seguir su curso tranquilamente en todas las áreas?

Nos habíamos quedado solos en la larga mesa de los *fellows* en Merton College. Delante de nosotros, en una hilera adusta, colgaban los retratos de los hombres destacados que habían sido alguna vez estudiantes del College. En las placas de bronce debajo de los cuadros yo sólo había reconocido el nombre de T. S. Eliot. Los mozos recogían discretamente a nuestro alrededor los platos de los profesores que ya habían partido a sus clases. Seldom rescató su vaso de agua antes de que lo retiraran y tomó un largo trago antes de seguir.

—En esa época yo era un comunista bastante ferviente y estaba muy impresionado con una de las frases de Marx, supongo que de *Contribución a la crítica de la economía política*, que decía que la humanidad no se plantea, históricamente, sino aquellas preguntas que puede resolver. Durante algún tiempo pensé que esto podía ser el germen de una explicación: que en la práctica los matemáticos quizá se estuvieran formulando únicamente aquellas preguntas para las que tuvieran de algún modo parcial la demostración. No por supuesto para facilitarse inconscientemente las cosas sino porque la intuición matemática —y esta era mi conjetura— estuviera ya compenetrada de forma indisoluble con los métodos de comprobación y dirigida de una manera, digamos, kantiana, hacia lo que es o bien demostrable o bien refutable. Que los saltos de caballo de ajedrez que corresponden a las operaciones mentales de la intuición no fueran, como suele pensarse, iluminaciones dramáticas, e imprevisibles, sino más bien modestas abreviaturas de lo que puede ser siempre alcanzado con los pasos de tortuga posteriores de una demostración. Fue entonces que conocí a Sarah, la mamá de Beth. Sarah había empezado a estudiar Física; era ya en esa época la novia de Johnny, el único hijo de los Eagleton, íbamos siempre a jugar al bowling y a nadar los tres juntos. Sarah me habló por primera vez sobre el principio de incertidumbre en la física cuántica. Usted sabe, por supuesto, a qué me refiero: las fórmulas claras y prolijas que rigen los fenómenos físicos en gran escala, como la mecánica celeste, o el choque de bolos, ya no tienen validez en el mundo subatómico de lo infinitamente pequeño, donde todo es muchísimo más complejo y aparecen incluso, otra vez, paradojas lógicas. Eso me hizo cambiar de dirección. El día que me habló sobre el principio de Heisenberg fue un día extraño, en muchos sentidos. Creo que es el único día de mi vida que podría recrear hora por hora. Apenas la escuché tuve la intuición, el salto de caballo, si usted quiere —dijo sonriendo—, de que exactamente la misma clase de fenómeno ocurría en la matemática, y de que todo era, en el fondo, una cuestión de escalas. Los enunciados indecidibles que había encontrado Gödel debían corresponder a una clase de mundo subatómico, de magnitudes infinitesimales, fuera de la visibilidad matemática habitual. El resto fue definir la noción adecuada de escala. Lo que probé, básicamente, es que si una pregunta matemática puede formularse dentro de la misma "escala" que los axiomas, estará en el mundo habitual de los matemáticos y tendrá una demostración o una refutación. Pero si su escritura requiere una escala distinta, entonces corre el peligro de pertenecer a ese mundo sumergido, infinitesimal, pero latente en todos lados, de lo que no es ni demostrable ni refutable. Como puede imaginar, la parte más dura del trabajo, lo que me llevó treinta años de mi vida, fue mostrar luego que todas las preguntas y conjeturas que formularon desde Euclides hasta ahora los matemáticos pueden rescribirse en escalas afines a los sistemas de axiomas que se consideraron. Lo que probé en definitiva es que la matemática habitual, toda la matemática que hacen diariamente nuestros esforzados colegas, pertenece al orden "visible" de lo macroscópico.

—Pero esto no es casualidad, supongo —lo interrumpí. Estaba tratando de relacionar los resultados que yo había expuesto en el seminario con lo que escuchaba ahora y encontrar el lugar que les correspondía en la gran figura que Seldom trazaba para mí.

—No, por supuesto. Mi hipótesis es que tiene que ver con la estética que se propagó de época en época y que fue esencialmente invariable. No hay un condicionamiento kantiano, pero sí una estética de simplicidad y elegancia que guía también la formulación de conjeturas; los matemáticos consideran que la belleza de un teorema requiere de ciertas divinas proporciones entre la simplicidad de los axiomas en el punto de partida, y la simplicidad de la tesis en el punto de llegada. Lo dificultoso, lo engorroso, se reservó siempre para el camino entre ambos, la demostración. Y bien, en tanto esa estética se mantenga no hay razón para que aparezcan "naturalmente" enunciados indecidibles.

El mozo había regresado con una jarra de café y aún después de que las dos tazas estuvieron llenas Seldom quedó en silencio por un instante, como si no estuviera muy seguro de hasta dónde lo había seguido, o lo avergonzara un poco haber hablado tanto.

—Lo que a mí me llamó sobre todo la atención —le dije—, los resultados que expuse yo en Buenos Aires, fueron en realidad los corolarios que usted publicó un poco más tarde sobre los sistemas filosóficos.

—Eso fue en el fondo mucho más fácil —dijo Seldom—. Es la extensión más o menos obvia del teorema de incompletitud de Gödel: cualquier sistema filosófico que parte de primeros principios tendrá un alcance necesariamente limitado. Créame, fue mucho más sencillo perforar a todos los sistemas filosóficos que a esta única matriz de pensamiento a la que se aferraron desde siempre los matemáticos. Simplemente porque cualquier sistema filosófico se propone demasiado; todo es en el fondo una cuestión de balance: dime cuánto quieres saber y te diré con cuánta certeza podrás afirmarlo. Pero en fin, cuando todo estuvo terminado y miré otra vez hacia atrás después de treinta años, me pareció que al fin y al cabo aquella primera idea que me había sugerido la frase de Marx no estaba tan descaminada. Había quedado, como dirían los alemanes, a la vez suprimida y recogida dentro del teorema. Sí; el gato no analiza simplemente al ratón: lo analiza para comérselo. Pero también: el gato no analiza como futura comida a todos los animales, sólo le gustan los ratones. Del mismo modo, el razonamiento histórico matemático está guiado por un criterio, pero ese criterio es en el fondo una estética. Esto me resultaba una sustitución interesante e inesperada respecto de la necesidad y los *a priori* kantianos. Una condición menos rígida y quizá más elusiva, pero que tenía igualmente, como había mostrado mi teorema, la consistencia suficiente como para poder, todavía, decir algo y dividir aguas. Ya ve —dijo, como si se disculpara—: no es tan fácil liberarse de esa estética: a los matemáticos siempre nos gusta tener la sensación de que podemos decir algo con sentido. Como sea, me dediqué desde entonces a estudiar, en otros ámbitos, lo que llamo para mí la estética de los razonamientos. Empecé, como siempre, con lo que me pareció el modelo más sencillo o, por lo menos, más cercano: la lógica de las investigaciones criminales. La analogía con el teorema de Gödel me parecía verdaderamente llamativa. En todo crimen hay indudablemente una noción de verdad, una única explicación verdadera entre todas las posibles; por otro lado, hay también indicios materiales, hechos que son incontrastables o están, al menos, como diría Descartes, más allá de toda duda razonable: éstos serían los axiomas. Pero entonces ya estamos en terreno conocido. ¿Qué es la investigación criminal sino nuestro juego de siempre de imaginar conjeturas, explicaciones posibles que se amolden a los hechos, y tratar de demostrarlas? Empecé a leer sistemáticamente historias de crímenes reales, revisé los informes de los fiscales a los jueces, estudié la forma de valorar las evidencias y de vertebrar una sentencia o absolución en las cortes judiciales. Volví a leer, como en mi adolescencia, cientos de novelas policiales. Empecé a encontrar de a poco una multitud de pequeñas diferencias interesantes, la estética propia de la investigación criminal. Y también errores, quiero decir, errores teóricos de la criminalística, quizá mucho más interesantes.

—¿Errores? ¿Qué clase de errores? ☞

—El primero, el más evidente, es la sobrevaloración de la evidencia física. Pensemos solamente en lo que está ocurriendo ahora, con esta investigación. Recuerda usted que Petersen envió a un oficial a recuperar la nota que vi yo. Aquí aparece otra vez esa grieta típica e insalvable entre lo que es verdadero y lo que es demostrable. Porque yo vi la nota, pero esa es la parte de verdad a la que ellos no pueden acceder. Mi testimonio no sirve de mucho para sus protocolos, no tiene la misma fuerza que el pedacito de papel. Y bien, este oficial, Wilkie, hizo lo más concienzudamente posible su trabajo. Interrogó a Brent y le preguntó varias veces todos los detalles. Brent recordaba perfectamente el papel doblado en dos en el fondo de mi cesto, pero por supuesto, no se había interesado en lo más mínimo en leerlo. Recordó también que yo había ido a preguntarle si había alguna manera de recuperar ese papel, y le repitió lo que me dijo a mí: había volcado el cesto en una de ✗ las bolsas casi llenas, que sacó poco después al patio. Cuando Wilkie llegó a Merton College el camión de la basura hacía ya casi media hora que había pasado. Petersen intentó todavía algo más y envió un patrullero para que lo interceptaran en su recorrido. Pero al parecer el camión tiene un sistema continuo de compactación y en definitiva la última esperanza de recobrar la nota quedó literalmente hecha papilla. Ayer me llamaron para que diera la descripción de la letra al dibujante, y pude notar que Petersen estaba mortificado. Se supone que es el mejor inspector que tuvimos en muchos años, yo pude tener acceso a las anotaciones completas de varios de sus casos. Es minucioso, exhaustivo, implacable. Pero todavía es un inspector, quiero decir, está formado de acuerdo con los protocolos: pueden anticiparse sus operaciones mentales. Desafortunadamente se guían por el principio de la navaja de Ockham: en tanto no surjan evidencias físicas en contrario prefieren siempre las hipótesis simples a las más complicadas. Este es el segundo error. No sólo porque la realidad suele ser naturalmente complicada sino, sobre todo, porque si el asesino es realmente inteligente, y preparó con algún cuidado su crimen, dejará a la vista de todos una explicación simple, una cortina de humo, como un ilusionista en retirada. Pero en la lógica mezquina de la economía de hipótesis prevalece el otro razonamiento: ¿por qué suponer algo que consideran extraño y fuera de lo común, como un asesino con motivaciones intelectuales, si tienen a mano explicaciones quizás más inmediatas? Casi pude sentir físicamente cómo Petersen retrocedía y reexaminaba sus hipótesis. Creo que hubiera empezado a sospechar también de mí, si no fuera porque ya había verificado que di clases de consulta a mis alumnos de doctorado de una a tres esa tarde. Supongo que también habrán corroborado la declaración de usted.

—Sí; yo estaba en la Biblioteca Bodleiana. Sé que fueron ayer a preguntar por mí. Por suerte la bibliotecaria se acordaba perfectamente de mi acento.

—¿Consultaba libros a la hora del crimen? —Seldom enarcó irónicamente las cejas—. Por una vez el saber realmente nos libera.

—¿Cree usted que Petersen se lanzará entonces sobre Beth? Quedó aterrada ayer después del interrogatorio. Piensa que el inspector está detrás de ella.

Seldom se quedó pensativo durante un momento.

—No, no creo que Petersen sea tan torpe. Pero fíjese los peligros de la navaja de Ockham. Suponga por un momento que el asesino, dondequiera que esté, decida ahora que finalmente no le gustó matar, o que la diversión se arruinó por el episodio de la sangre y la intervención de la policía, suponga que por cualquier motivo decide retirarse de la escena. Entonces sí creo que Petersen se echaría sobre ella. Sé que esta mañana volvió a interrogarla, pero puede ser simplemente una maniobra de distracción, o una forma de provocarlo: actuar como si realmente no supieran nada de él, como si fuera un caso común, un crimen familiar, como sugiere el diario.

—Pero usted no cree realmente que el asesino vaya a abandonar el juego— dije.

Seldom pareció considerar mi pregunta con más seriedad de lo que yo hubiera esperado.

—No, no lo creo —dijo por fin—. Sólo creo que tratará de ser más... imperceptible, como dijimos antes. ¿Tiene algo que hacer ahora? —me preguntó y miró el reloj del comedor—. A esta hora empieza el horario de visitas en el Radcliffe Hospital, yo voy para allá. Si quiere venir conmigo me gustaría que conociera a una persona.

CAPÍTULO 8

Salimos por una galería con arcos de piedra que bordeaba los jardines traseros. Seldom me mostró a lo lejos, como una reliquia histórica, el court de Royal Tennis del siglo XVI en el que había jugado Eduardo VII, al que yo hubiera podido confundir, por sus paredes, con una cancha de pelota paleta al aire libre. Cruzamos una calle y doblamos en lo que parecía una hendidura entre los edificios, como si un golpe de espada, en un largo tajo, hubiera abierto milagrosamente la piedra de lado a lado.

—Por aquí acortamos un poco el camino —dijo Seldom. Caminaba rápidamente, un poco más adelante que yo, porque no había lugar para los dos por el pasadizo entre las paredes. Desembocamos en una vereda que seguía el curso del río.

—Espero que no lo impresionen demasiado los hospitales —me dijo—. El Radcliffe puede ser un poco deprimente. Tiene siete pisos. Quizá conozca a un escritor italiano, Dino Buzzati; tiene un cuento que se llama exactamente así: *Siete pisos*. Está inspirado en algo que le ocurrió aquí, cuando vino a Oxford a dar una conferencia: lo cuenta en uno de sus diarios de viaje. Era un día de mucho calor y tuvo un ligero desmayo poco después de salir de la sala. Los organizadores, por precaución, insistieron en que lo revisaran en el Radcliffe. Lo llevaron al último piso, que es el piso reservado para los casos más leves y los estudios generales. Le hicieron allí los primeros análisis y exámenes. Todo iba bien, le dijeron, pero sólo para quedarse definitivamente tranquilos le harían unos estudios algo más especializados. Debían para eso descenderlo un piso, sus anfitriones lo esperarían arriba hasta que todo terminara. Lo llevaron en silla de ruedas, lo que le pareció a él un poco excesivo, pero prefirió atribuirlo al celo británico. En el sexto piso empezó a ver por los pasillos, y en los bancos de las salas de espera, gente con la cara quemada, vendajes, camillas con cuerpos horizontales, ciegos, mutilados. A él mismo lo hicieron recostar en una camilla para hacerle los estudios con rayos. Cuando quiso incorporarse otra vez, el radiólogo le dijo que habían detectado una pequeña anomalía, que posiblemente no fuera nada serio, pero que era preferible, hasta tanto tuvieran el resultado de todos los demás estudios, que se mantuviera en posición horizontal. Le dijeron también que tendrían que retenerlo en observación unas horas más y que preferían bajarlo al quinto piso, donde podría estar a solas en un cuarto. En el quinto piso ya no había gente en los pasillos, pero algunas puertas estaban entreabiertas. Pudo ver el interior de una de las habitaciones: sólo se veían frascos de suero, gente postrada, brazos conectados. Quedó solo en un cuarto, sobre la camilla, bastante alarmado, durante un par de horas. Una enfermera entró finalmente, con una tijera sobre una bandejita. La enviaba uno de los doctores del cuarto piso, el doctor X, que haría la evaluación final, para que le hiciera una pequeña tonsura en la nuca antes de la revisación. Mientras los mechones caían sobre la bandejita Buzzati preguntó si el doctor subiría a verlo. La enfermera se sonrió, como si aquello fuera algo que sólo a un extranjero podía ocurrírsele, y le dijo que los doctores preferían mantenerse cada uno en su piso. Pero ella misma, le dijo, lo bajaría por una de las rampas y lo dejaría mientras durara la espera junto a una ventana. El edificio tiene una planta en U y desde la ventana del cuarto piso Buzzati entrevió, al mirar hacia abajo, las persianas corredizas del primer piso que describe en el cuento. Había unas pocas abiertas, casi todas estaban cerradas. Le preguntó a la enfermera quiénes estaban en aquel primer piso y recibió la respuesta que consigna en el cuento: allí abajo sólo el cura trabajaba. Buzzati escribe que en esa hora terrible, mientras esperaba al médico, lo obsesionaba sobre todo una idea matemática. Se daba cuenta de que el cuarto piso era exactamente la mitad de la cuenta regresiva y un terror supersticioso le decía que si descendía un solo piso más, todo estaría perdido. Escuchaba que cada tanto llegaban desde el piso inferior, con intermitencias, como si reptaran por el hueco del ascensor, lo que le parecían gritos desesperados de alguien sumido en un delirio de dolor y llanto. Se propuso resistir con su vida si con cualquier otra excusa querían volver a bajarlo. Lle-

81

gó finalmente el médico. No era el doctor X, sino el doctor Y, el médico principal a cargo. Hablaba algunas palabras en italiano y conocía su obra. Dio una mirada rápida a los análisis y a la radiografía y se sorprendió de que su joven colega, el doctor X, hubiera ordenado la tonsura; tal vez, dijo, había pensado en una punción preventiva, en cualquier caso nada de eso era necesario. Todo estaba perfectamente bien. Le pidió disculpas y esperaba, le dijo, que no lo hubieran perturbado demasiado los gritos que se escuchaban desde el piso de abajo. Era el único sobreviviente de un accidente de tránsito. El tercer piso podía ser muy ruidoso, le dijo, muchas enfermeras usaban allí algodones. Pero posiblemente pronto bajarían al pobre hombre al segundo y volvería la paz —Seldom me señaló hacia adelante con la cabeza la mole de ladrillos oscuros que había aparecido ante nosotros. Dijo después, como si luchara por terminar su relato con el mismo tono calmo y ordenado—. La anotación en el diario corresponde al 27 de junio del '67, dos días después del choque en el que perdí a mi esposa, el choque en el que murieron también John y Sarah. El hombre que agonizaba en el tercer piso era yo.

CAPÍTULO 9

Subimos en silencio los escalones de piedra. Entramos en el hall y atravesamos un largo vestíbulo; Seldom saludaba en los pasillos a casi todos los médicos y enfermeras con los que nos cruzábamos.

—Viví aquí adentro casi dos años enteros —me dijo—. Y tuve que volver después cada semana durante todo otro año. A veces todavía me despierto en la mitad de la noche y creo estar otra vez en alguna de las salas. —Me señaló un recodo donde arrancaban los peldaños gastados de una escalera en espiral.— Vamos al segundo —me dijo—, llegaremos por aquí más rápido.

El segundo piso era un pasillo largo y luminoso, que tenía algo del silencio profundo y recogido de las catedrales. Nuestros pasos levantaban un eco inhóspito. Los pisos parecían recién encerados y relucían como si muy poca gente los pisara.

—Las enfermeras lo llaman la pecera, o la sección vegetariana —dijo Seldom, y abrió la puerta batiente de una de las salas.

Había dos hileras de camas, demasiado juntas entre sí, como en un hospital de campaña. En cada cama había un cuerpo del que sólo asomaba la cabeza, conectada a un respirador artificial. El efecto sumado de los respiradores era un gorgoteo reposado y profundo, que hacía pensar, verdaderamente, en un mundo sumergido bajo el agua. Mientras avanzábamos por el espacio entre las dos filas de camas vi que del costado de cada cuerpo asomaba hacia afuera una bolsa que recogía las deyecciones. Los cuerpos, pensé, habían quedado reducidos a sus orificios elementales. Seldom interceptó mi mirada.

—Una vez me desperté en la noche —me dijo en voz baja— y escuché a dos enfermeras que habían trabajado aquí y murmuraban sobre los "sucios". Son los que llenan su bolsa dos veces por día y ellas tienen el trabajo adicional de cambiarla por la tarde. No importa cuál sea su estado real, los "sucios" no duran demasiado en la sala. De algún modo se las arreglan, ya sabe, para que empeoren un poco y deban ser trasladados. Bienvenido al país de Florence Nightingale. Tienen una impunidad absoluta, porque los familiares casi nunca llegan hasta aquí, vienen al principio una o dos veces, y luego desaparecen. Es como un depósito, muchos están conectados desde hace años. Por eso yo trato de venir todas las tardes: desde hace algún tiempo Frankie se convirtió, desgraciadamente, en un "sucio" y no quisiera que le ocurra nada extraño.

Nos habíamos detenido junto a una de las camas. El hombre, o lo que quedaba del hombre que estaba tendido allí, era un cráneo con unos pocos pelos grises y lacios cayendo sobre las orejas y una vena perpendicular a la ceja impresionantemente inflamada. El cuerpo se había consumido debajo de la sábana, la cama parecía sobrar a su alrededor, y pensé que posiblemente no tuviera ninguna de sus piernas. La delgada tela blanca apenas se movía sobre su pecho y las aletas de la nariz vibraban sin conseguir empañar la máscara de vidrio. Uno de sus brazos estaba extendido hacia afuera, sujeto por un grillete de cobre a lo que me pareció en principio una máquina para controlar el pulso. En realidad era un arnés que mantenía al brazo firme sobre un block de papel. Habían atado de una manera ingeniosa un lápiz corto entre el pulgar y el índice. La mano, de todas maneras, estaba desmayada, exánime, sobre la hoja en blanco, con las uñas muy largas sobresaliendo hacia adelante.

—Tal vez oyó hablar de él —me dijo Seldom—. Es Frank Kalman, el continuador de los trabajos de Wittgenstein sobre el seguimiento de reglas y los juegos del lenguaje.

Respondí con educación que el nombre me sonaba, pero muy vagamente.

—Frank no era un lógico profesional —dijo Seldom—: en realidad, nunca fue un matemático de *papers* y congresos. Apenas se graduó aceptó un puesto en una gran consultora de empleos. Su trabajo era preparar y evaluar los tests para los postulantes a distintas ocupaciones. Lo destinaron a la sección de manipulación simbólica y tests de inteligencia. Unos años después le encargaron también las primeras evaluaciones de nivelación en los colegios secundarios de Inglaterra. Se ocupó toda su vida de preparar series lógicas, del tipo más elemental, como la que le mostré yo: dados tres símbolos en secuencia, escribir a continuación el cuarto. O bien, con números: dados los números 2, 4, 8, escribir el siguiente. Frank era meticuloso, obsesivo. Le gustaba revisar las montañas de exámenes uno por uno. Empezó a darse cuenta de un fenómeno realmente curioso. Estaban, por supuesto, los exámenes perfectos, que sólo permitían decir, como escribió después Frank con maravillosa cautela, que la inteligencia del candidato coincidía perfectamente con las expectativas del examinador. Estaban también, y eran la abrumadora mayoría, lo que Frank llamaba la campana normal: exámenes con algunos errores que caían dentro del tipo de equivocaciones esperables. Pero había un tercer grupo, siempre el más reducido, que a Frank le llamaba sobre todo la atención. Eran exámenes casi perfectos, exámenes en los que todas las respuestas eran las esperadas salvo una. Pero la diferencia con el caso normal es que el error en esa única respuesta distinta parecía a primera vista un despropósito absoluto, una continuación elegida a ciegas, o al azar, estaba realmente lejos del espectro habitual de equivocaciones. A Frank se le ocurrió por simple curiosidad pedir a los postulantes en esa pequeña franja que justificaran sus respuestas y fue entonces que se encontró con la primera sorpresa. Las contestaciones que él había considerado incorrectas eran en realidad otra solución posible y perfectamente válida para continuar la serie, sólo que con una justificación muchísimo más complicada. Lo más curioso es que la inteligencia de estos postulantes había pasado por alto la solución elemental que proponía Frank y, como en un trampolín, había saltado en algún momento mucho más lejos. La imagen del trampolín también es de Frank. Los tres símbolos o números escritos en el papel correspondían para él a la carrera del clavadista sobre la tabla; desde ese punto de vista, la analogía parecía darle una primera explicación: para una inteligencia que salta hacia adelante con mucho ímpetu es más natural la solución lejana que la que está inmediatamente debajo de sus pies. Pero esto cuestionaba en su misma base los presupuestos de trabajo de casi toda su vida. Frank estaba de pronto desconcertado. La solución a sus series no era de ningún modo única; respuestas que había considerado hasta entonces equivocadas podían ser soluciones alternativas y también, en algún sentido, "naturales". Y no veía ni siquiera que hubiera un modo de discernir entre lo que podía ser una respuesta al azar o la continuación que hubiera elegido una inteligencia excepcional, demasiado atlética. Fue en este punto que vino a verme y tuve que darle las malas noticias.

—La paradoja de Wittgenstein sobre las reglas finitas —dije yo.

—Exactamente. Frank había redescubierto en la práctica, en un experimento real, lo que Wittgenstein ya había demostrado teóricamente hace décadas: la imposibilidad de establecer una regla unívoca y ordenamientos "naturales". La serie 2, 4, 8, puede ser continuada con el número 16, pero también con el 10, o con el 2007: siempre puede encontrarse una justificación, una regla, que permita añadir cualquier número como el cuarto caso. *Cualquier* número, *cualquier* continuación. Esto es algo que no le causaría mucha gracia saber al inspector Petersen y casi enloqueció a Frank. Tenía en ese momento más de sesenta años, pero me pidió las referencias y tuvo el valor de entrar, como si fuera otra vez un estudiante, en esa caverna abandonada que son los trabajos de Wittgenstein. Y usted sabe cómo es el descenso a la oscuridad de Wittgenstein. En un momento se sintió al borde del abismo. Se daba cuenta de que no podía confiar ni siquiera en la regla de multiplicar por dos. Pero emergió con una idea, bastante parecida a lo que yo mismo estaba pensando. Frank se mantuvo aferrado con una fe casi fanática a una última tabla en el naufragio: las estadísticas de sus experimentos. Consideraba que los de Wittgenstein eran de algún modo resultados teóricos, de un mundo platónico, pero que la forma en que las personas concretas pensaban era algo diferente. Después de todo, sólo una pequeñísima proporción imaginaba esas respuestas atípicas. Conjeturó entonces que si bien en principio todas las respuestas eran equiprobables, había quizás algo inscripto de algún modo en la psiquis humana, o en los juegos de aprobación-reprobación durante el aprendizaje de símbolos, que guiaba a la gran mayoría al mismo sitio, a la respuesta que se presentaba a la razón de los hombres como más simple, más nítida, o más grata. Pensó en definitiva, en la misma dirección que yo, que operaba alguna clase de principio estético *a priori* que sólo dejaba filtrar para la elección final unas pocas posibilidades. Se propuso entonces dar una definición abstracta de lo que llamaba el razonamiento normal. Pero tomó un camino verdaderamente extraño. Empezó a visitar hospitales psiquiátricos y a probar sus tests con pacientes lobotomizados. Recogió ejemplos de palabras sueltas y símbolos escritos por sonámbulos, participó en sesiones de hipnotismo. Sobre todo, estudió el tipo de símbolos que intentan transmitir los enfermos en estado casi vegetativo, con daños cerebrales. Lo que buscaba en el fondo era algo que por definición es casi imposible: estudiar lo que queda de razón cuando la razón no está allí vigilando. Él creía que podía detectar tal vez un tipo de movimiento o agitación residual que correspondería a un surco inscripto orgánicamente, o a un camino rutinario marcado por el aprendizaje. Pero supongo que ya había una inclinación morbosa que tenía que ver con lo que estaba planeando. Le habían detectado poco tiempo atrás un cáncer de una variedad muy agresiva, que ataca primero las piernas, aquí lo llaman el cáncer del leñador, los médicos sólo pueden ir talando los miembros uno por uno. Vine a verlo después de la primera amputación. Parecía de buen humor, dentro de lo que podía esperarse. Me mostró un libro que le había regalado su médico, con fotografías de cráneos destruidos parcialmente por accidentes, intentos de suicidio, golpes de bate. Había una descripción clínica exhaustiva de todas las secuelas e interconexiones de los daños cerebrales. Me hizo reparar con un aire de misterio en una página en la que se veía el hemisferio izquierdo de un cerebro, con el lóbulo parietal parcialmente destruido por una bala. Me pidió que leyera el texto al pie de la foto. El suicida había quedado en un coma casi total, pero su mano derecha, decía el texto, siguió escribiendo durante meses toda clase de símbolos extraños. Me explicó entonces que había encontrado en su recorrido por los hospitales una conexión estrecha entre el tipo de símbolos que recogía y la actividad que había desarrollado durante su vida el paciente en coma. Frankie era extremadamente tímido. Me dijo, y fue la única vez que me hizo un comentario personal, que lamentablemente nunca se había casado; me dijo, con una sonrisa entristecida, que no había hecho demasiadas cosas en su vida, pero que desde hacía cuarenta años escribía y manipulaba símbolos lógicos. Estaba seguro de que no podía encontrarse un ejemplar mejor que él mismo para su experimento. Estaba convencido de que en los símbolos que escribiría podría leerse de algún modo la codificación de ese residuo o sustrato racional que buscaba. En todo caso, no pensaba estar allí cuando vinieran por su segunda pierna. Sólo tenía en realidad un último problema a resolver, y era cómo asegurarse de que el daño de la bala no fuera excesivo, de que las esquirlas no alcanzaran el circuito de conexiones motrices.

Yo le había cobrado afecto en esos años. Le dije que con ese problema no estaba dispuesto a ayudarlo, y me preguntó entonces si en el caso de que finalmente pudiera resolverlo solo, yo estaría aquí para leer los símbolos.

Vimos al mismo tiempo que la mano se crispaba espasmódicamente para apretar el lápiz, como si hubiera recibido una descarga eléctrica. Me quedé mirando con una fijeza espantada el lento y torpe avance del lápiz arañando el papel, pero Seldom no pareció prestarle demasiada atención.

—A esta hora empieza a escribir —dijo, sin preocuparse por bajar la voz— y continúa durante casi toda la noche. En fin, Frankie era realmente inteligente y encontró la solución: una pistola común, aun de calibre pequeño, dejaba demasiado margen de error por la deflagración interna. Necesitaba algo que pudiera penetrar la pared de la frente y llegar limpiamente al cerebro, como un pequeño arpón. Este pabellón del hospital estaba en reparaciones en esa época y parece que la idea se la dio uno de los obreros, con el que conversó sobre herramientas. Lo hizo finalmente con una pistola de clavos.

Me incorporé a medias para tratar de distinguir los trazos confusos que aparecían sobre el papel.

—La escritura es cada vez más ilegible —dijo Seldom—, pero hasta hace un tiempo podía entenderse perfectamente. En realidad son sólo cuatro letras, que escribe y vuelve a escribir. Las cuatro letras de un nombre. En todos estos años Frankie nunca escribió un solo símbolo lógico, ni un solo número. Lo único que Frankie escribe, infinitamente, es el nombre de una mujer.

CAPÍTULO 10

—Salgamos un momento a la galería; quiero fumar un cigarrillo —dijo Seldom. Había arrancado la hoja que acababa de escribir Frank y la arrojó al cesto después de echarle un vistazo. Salimos de la sala en silencio y caminamos por el pasillo desierto hasta encontrar una ventana abierta. Vimos avanzar lentamente hacia nosotros a un enfermero que empujaba una camilla. Cuando pasó a nuestro lado pude ver que la sábana cubría la cara y amortajaba completamente el cuerpo. Sólo uno de los brazos había quedado al descubierto; una tarjeta que colgaba de la muñeca indicaba el nombre. Alcancé a ver una cifra debajo, que correspondía quizá a la hora de la muerte. El enfermero maniobró para girar la camilla y la introdujo limpiamente, con la destreza de un maestro pizzero, por una puerta angosta de vidrio.

—¿Es la morgue? —pregunté.

—No —dijo Seldom—. Cada piso tiene una sala como ésta. Cuando alguno de los pacientes muere, desalojan inmediatamente el cuerpo de la sala para liberar la cama lo antes posible. El médico en jefe del piso viene hasta aquí a corroborar la muerte, escriben algo así como un acta en una planilla y recién entonces lo trasladan a la morgue general del hospital, que está en uno de los subsuelos. —Seldom señaló con la cabeza en dirección a la sala de Frank—. Yo voy a quedarme un rato más allí, a hacerle compañía a Frankie. Es un buen lugar para pensar, quiero decir, tan bueno como cualquier otro. Pero estoy seguro de que usted querrá visitar la sala de Rayos —me dijo con una sonrisa, y cuando vio mi sorpresa sus ojos chispearon y su sonrisa se acentuó un poco más—. Después de todo Oxford es sólo un pequeño pueblo. Felicitaciones: Lorna es una gran chica. La conocí durante mi convalecencia, me pasó buena parte de sus novelas policiales. ¿Ya vio su biblioteca? —y alzó las cejas con una admiración algo extrañada—. Nunca conocí a nadie con tanta pasión por los crímenes. Tiene que ir al último piso —me dijo—: por los ascensores de aquí a la derecha.

El ascensor subió con un pesado gemido neumático. Atravesé un laberinto de pabellones siguiendo las flechas que indicaban Rayos, hasta que me encontré en una sala de espera en la que sólo había un hombre sentado, con la mirada algo extraviada y un libro abandonado sobre las rodillas. Detrás de un cubículo de vidrio vi a Lorna en su uniforme, inclinada sobre una camilla, como si estuviera explicando pacientemente el procedimiento a un niño. Me acerqué un poco más al vidrio, sin decidirme a interrumpirla. Lorna acomodaba un osito Teddy junto a la almohada. Pude ver que se trataba en realidad de una chiquita muy pálida de unos siete años, con los ojos asustados pero valerosamente atentos y rulos largos en tirabuzón. Lorna dijo algo más y la niña abrazó fuertemente al osito Teddy. Di dos golpes suaves en el vidrio; Lorna miró en mi dirección, rió sorprendida y dio una pequeña exclamación que no alcanzó a atravesar el vidrio. Me señaló la puerta a un costado y le hizo el ademán a la chiquita, con una raqueta imaginaria, de que yo era su compañero de tenis. Abrió por un instante la puerta, me dio un beso rápido y me pidió que la esperara un momento.

Retrocedí a la sala de espera. El hombre había vuelto a su libro. Noté que tenía la barba algo crecida y los ojos enrojecidos, como si no hubiera dormido en mucho tiempo. Descifré con alguna sorpresa el título: *De los pitagóricos a Jesús.* El hombre bajó el libro de pronto y me encontré con su mirada.

—Perdón —dije—, me llamó la atención el título. ¿Es usted matemático?

—No —dijo—, pero si le interesó el título debo suponer que usted sí lo es.

Sonreí, asintiendo, y el hombre me miró con una intensidad desconcertante.

—Estoy leyendo hacia atrás —me dijo—. Quiero saber cómo eran en un principio las cosas. —Volvió a mirarme con esa fijeza un poco fanática.— Uno se lleva sorpresas. Por ejemplo, ¿cuántas sectas, cuántos grupos religiosos, diría usted que había en la época de Cristo?

Supuse que sería educado contestar con un número muy bajo. Pero antes de que pudiera responder el hombre siguió hablando.

—Eran decenas y decenas —me dijo—: los nazarenos, los ácaros, los simonianos, los fibionitas. Pedro y sus apóstoles eran sólo un grupúsculo. Un grupúsculo entre cien. Las cosas perfectamente hubieran podido ser distintas. No eran los más numerosos, no eran los más avanzados, no eran los más influyentes. Pero tuvieron un rasgo de astucia para diferenciarse y erguirse entre todos, una sola idea, la piedra de toque, para perseguir y exterminar a los demás grupos y quedar finalmente solos. Cuando todos hablaban únicamente de la resurrección del alma, ellos prometieron también la resurrección de la carne. La vuelta a la vida con el propio cuerpo. Una idea que ya sonaba absurda, que ya era primitiva en esos tiempos. El Cristo que se levanta de la tumba al tercer día y pide que lo pellizquen y come pescado asado. Ahora bien, ¿qué pasó con ese Cristo durante los cuarenta días que duró su regreso?

Su voz ronca tenía la vehemencia algo feroz de un recién converso, o de un autodidacta. Se había inclinado un poco hacia mí y sentí el vaho acre y penetrante a transpiración de su camisa arrugada. Di involuntariamente un paso atrás, pero era difícil desasirse de la fijeza de sus ojos. Hice otra vez un gesto de adecuada ignorancia.

—Exactamente. Usted no lo sabe, yo no lo sé, nadie lo sabe. Misterio. Sólo esto parece haber hecho: recibir un pellizcón y señalar a Pedro como su continuador en la tierra. Qué conveniente para Pedro, ¿no es cierto? ¿Sabía usted que hasta ese momento los cadáveres solamente se amortajaban? No existía, por supuesto, la idea de conservar los cuerpos. El cuerpo era al fin y al cabo lo que las religiones consideraban la parte más débil, la más efímera, la parte expuesta al pecado. Y bien, unos cuantos cajones de madera nos separan de esos tiempos, ¿no es cierto? Todo un mundo de cajones debajo del mundo. En las afueras de cada ciudad otra ciudad subterránea de cajones prolijamente alineados, conmovedoramente cerrados. Pero adentro de los cajones, todos sabemos lo que pasa. En las primeras veinticuatro horas, después del *rigor mortis*, empieza la deshidratación. La sangre deja de transportar oxígeno, la córnea pierde transparencia, el iris y las pupilas se deforman, la piel se arruga. El segundo día se inicia la putrefacción en el intestino grueso y aparecen las primeras manchas verdosas. Los órganos interiores quedan inutilizados, los tejidos se ablandan. El tercer día la descomposición avanza, los gases hinchan el abdomen y un verde marmóreo invade todos los miembros. Del cuerpo emana el compuesto de carbono y oxígeno, el olor penetrante de un bistec que estuvo demasiado tiempo fuera de la heladera: empieza el festín de la fauna cadavérica y de los insectos necrófagos. Cada uno de estos procesos, cada intercambio de energía, involucra una pérdida irreversible, no hay modo de recuperar ninguna función vital. Sí, al cabo del tercer día Cristo hubiera sido un desecho monstruoso incapaz de erguirse, pestilente y ciego. Esta es la verdad. Pero a quién le interesa la verdad ¿no es cierto? Usted acaba de ver a mi hija —dijo, y su voz bajó de pronto a un tono impotente y angustiado—. Necesita un trasplante de pulmón. Estamos esperando por ese pulmón desde hace un año, está ahora en la lista nacional de emergencias. Le quedan no más de treinta días de vida. Dos veces tuvimos la oportunidad. Dos veces rogué y supliqué. Pero las dos veces eran familias cristianas y prefirieron enterrar cristianamente a sus hijos. —Volvió a mirarme como si se sintiera acorralado.— ¿Sabe usted que la ley británica impide que si uno de los padres se suicida los órganos puedan ser trasplantados a sus hijos? Por eso —dijo, golpeando con un dedo la cubierta del libro— es interesante a veces volver al principio de las cosas, los antiguos tenían otras ideas sobre los trasplantes, la teoría de los pitagóricos sobre la transmigración de las almas...

El hombre se interrumpió y se puso de pie. La puerta se había abierto y Lorna empujaba hacia afuera la camilla. La niña parecía haberse quedado dormida. El hombre conversó por un instante con Lorna y luego se alejó, llevando él mismo la camilla por el corredor. Lorna quedó esperando a que yo me acercara, con una sonrisa ambigua y las dos manos en los bolsillos. Su delantal, que era de una tela muy delgada, quedaba bellamente estirado sobre el pecho.

—Qué buena sorpresa, que hayas venido por aquí.

—Quería verte así, en tu uniforme de enfermera —dije.

Abrió seductoramente los brazos, como si fuera a girar para mostrarme, pero me dejó besarla sólo una vez.

—¿Alguna novedad? —me preguntó y sus ojos se abrieron con curiosidad.

—Ningún nuevo crimen —dije—. Acabo de conocer el segundo piso, Seldom me llevó hasta la sala de Frank Kalman.

—Vi que el papá de Caitlin te había atrapado —dijo—. Espero que no te haya abrumado demasiado. Supongo que te contaba de los espartanos, o pestes sobre los cristianos. Es viudo y Caitlin es su única hija. Pidió una licencia en su trabajo, desde hace casi tres meses prácticamente no sale de aquí. Lee todo lo que tenga que ver con trasplantes. Creo que a esta altura está un poco —hizo un gesto a medio camino a la sien—: *koo-koo*.

—Pensaba ir a Londres a pasar el fin de semana —le dije—. ¿Vendrías conmigo?

—Este fin de semana es imposible, tengo guardia aquí las dos noches. Pero vamos a la cafetería, y te hago una lista de algunos *bed and breakfast* y lugares para visitar.

—Hey —le dije, mientras caminábamos al ascensor—: no sabía que Arthur Seldom había estado en tu casa.

La miré con una sonrisa despreocupada y ella también sonrió divertida después de un instante.

—Fue a llevarme su libro. Puedo hacerte también otra lista, con todos los hombres que estuvieron en mi casa, pero sería mucho más larga.

Cuando regresé a Cunliffe Close y bajé a mi cuarto encontré debajo de uno de mis cuadernos el sobre que había preparado para Mrs. Eagleton y recordé que desde aquel día nunca le había dado el dinero del alquiler a Beth. Puse en mi bolso la ropa suficiente para un fin de semana y subí con el dinero la escalerita de entrada. Beth me pidió detrás de la puerta que la esperara un minuto. Cuando abrió parecía relajada y serena, como si acabara de salir de un largo baño de inmersión. Tenía el pelo húmedo, los pies descalzos y un deshabillé largo de plush cuidadosamente cerrado. Me hizo pasar a la sala un instante. Apenas reconocí el lugar. Había cambiado la alfombra, los muebles, las cortinas. La casa tenía ahora un aspecto más íntimo y recogido, con una cierta sofisticación que parecía prestada de alguna revista de decoración y, aunque de una manera totalmente diferente, se veía aún sencilla y agradable. Me pareció, sobre todo, que si se había propuesto hacer desaparecer hasta el último vestigio de Mrs. Eagleton, sin duda lo había logrado. Le dije que pasaría en Londres el fin de semana y me dijo que ella también se iría al día siguiente, después del funeral, en una pequeña gira de la orquesta a Exeter y Bath. Escuchamos de pronto un chapoteo de agua desde el baño, como si alguien corpulento se estuviera incorporando de la bañera. Me pareció que Beth se ponía terriblemente incómoda, como si la hubiera sorprendido en falta. Supongo que recordó, al mismo tiempo que yo, el desprecio con que me había hablado de Michael sólo dos días atrás.

Tomé el Oxford Tube a Londres y pasé dos días caminando por la ciudad, bajo un sol suave y amable, como un turista agradablemente perdido. El sábado compré el *Oxford Times*, que anunciaba en un recuadro pequeño el funeral de Mrs. Eagleton y hacía una breve revisión de los hechos sin dar ningún otro detalle nuevo. El domingo toda referencia al caso había desaparecido. Elegí en Portobello Road, pensando en Lorna, un ejemplar algo polvoriento pero bien conservado de las memorias de Lucrecia Borgia, y tomé el último tren nocturno de regreso a Oxford. En la mañana del lunes salí todavía algo dormido hacia el Instituto. En la entrada de Cunliffe Close, tendido sobre el pavimento, vi un animal que un auto había atropellado seguramente por la noche. Tuve que pasar muy cerca de él. Era un animal que nunca había visto en mi vida y apenas pude reprimir una arcada. Parecía alguna variedad gigantesca de rata, con la cola larga y oscura que flotaba en la sangre. La cabeza había quedado totalmente aplastada, pero todavía sobresalía el hocico, con las fosas nasales muy abiertas, que hacían recordar las de un chancho. A la altura de lo que había sido el estómago, como de una bolsa destrozada, asomaba la protuberancia inconfundible de lo que debía ser una cría. Apuré el paso involuntariamente, tratando de huir de aquello que de todos modos ya había visto y del horror violento, casi inexplicable, que me había causado. Durante todo el camino luché por deshacerme de esa imagen. Subí, como si llegara a un refugio, los escalones del Instituto de Matemática. Cuando empujé la puerta giratoria me encontré con un papel pegado con cinta scotch contra el vidrio. Vi antes que nada el pez, en posición vertical, un dibujo esquemático en tinta negra, que parecía hecho a partir de dos paréntesis enfrentados. Arriba decía, con letras recortadas de diarios: *El segundo de la serie.* Radcliffe Hospital, 2.15 p.m.

CAPÍTULO 11

En la secretaría sólo estaba Kim, la asistente nueva. Logré con un gesto apremiante que se quitara los auriculares de su discman y la hice levantar de su silla para que viniera conmigo hasta la puerta de entrada. Me miró con extrañeza cuando le pregunté por el papel pegado contra el vidrio. Lo había visto al entrar, sí, pero no le había prestado ninguna atención: creyó que se trataba de alguna actividad benéfica para el Radcliffe, una serie de partidas de bridge, o una excursión de pesca. Pensaba decirle más tarde a la mujer de la limpieza que lo retirara de allí y lo pegara en la cartelera. Vimos salir a Kurt, el sereno, de su cuartito bajo la escalera, ya vestido para irse. Se aproximó a nosotros como si temiera algún problema. El papel estaba allí desde el domingo, lo había visto al llegar la noche anterior; no había querido arrancarlo porque supuso que alguien lo había autorizado antes de que él tomara su turno. Dije que iría a llamar a la policía y que alguien debía quedarse para cuidar que no se tocaran los vidrios de la puerta ni que se despegara ese papel: podía estar vinculado con el crimen de Mrs. Eagleton. Subí en dos saltos a mi oficina y pedí en el departamento de policía que me pasaran urgentemente con Petersen o con Sacks. Me preguntaron mi nombre y el número desde donde llamaba y me dijeron que esperara en la línea hasta que alguien se comunicara conmigo. Al cabo de un par de minutos escuché del otro lado la voz del inspector Petersen. Me dejó hablar sin interrumpirme y sólo me pidió al final que repitiera lo que me había dicho el sereno. Me di cuenta de que también creía —como yo— que el crimen ya se había cometido. Me dijo que enviaría inmediatamente un patrullero y el equipo de huellas al Instituto y que él mismo iría al Radcliffe Hospital a verificar las muertes del domingo. De todas maneras quería hablar conmigo después y también, si fuera posible, con el profesor Seldom. Me preguntó si podría encontrarnos a los dos en el Instituto. Le dije que, hasta donde sabía, Seldom debía estar por llegar: había una conferencia de uno de sus estudiantes anunciada en el hall para las diez. El cartel quizá había sido puesto allí para que él lo viera al entrar, se me ocurrió decir. Sí, quizá, dijo Petersen, para que lo vea él y otros cien matemáticos más. Parecía de pronto molesto. Ya hablaremos más tarde, me dijo secamente.

Cuando bajé otra vez al hall vi a Seldom parado junto a la puerta giratoria. Estaba inclinado sobre el papel, como si no pudiera quitar los ojos del pequeño pez.

—¿Usted cree lo mismo que yo? —me preguntó al verme—. Temo llamar al hospital y preguntar por Frank. Aunque la hora —me dijo, como si entreviera una esperanza— no parece tener sentido: yo fui ayer al hospital a las cuatro de la tarde y Frank estaba vivo.

—Podemos llamar a Lorna desde mi oficina —le dije—. Tenía un turno de guardia hasta hoy al mediodía, debe estar allá todavía, ella podría fácilmente averiguar.

Seldom asintió. Subimos y dejé que él hiciera la llamada. Después de atravesar una cadena de operadoras logró por fin que lo comunicaran con Lorna. Seldom le preguntó cautelosamente si podía bajar al segundo piso y comprobar si Frank estaba bien. Me di cuenta de que Lorna le hacía otras preguntas; aun sin distinguir las palabras, alcanzaba a oír del otro lado de la línea su tono intrigado. Seldom sólo le dijo que había aparecido un mensaje en el Instituto que lo había dejado algo preocupado. Era probable, sí, que el mensaje estuviera relacionado con el crimen de Mrs. Eagleton. Conversaron un momento más; Seldom le dijo que estaba en mi oficina y que podía llamarlo allí una vez que hubiera bajado.

Colgó y nos quedamos en silencio, esperando. Seldom armó un cigarrillo y fue a fumarlo de pie junto a la ventana. En un momento se dio vuelta, caminó hasta el pizarrón y como si estuviera todavía abstraído en sus pensamientos dibujó con lentitud los dos símbolos, primero el círculo, y a continuación el pez, que hizo con dos breves trazos curvos. Quedó inmovilizado, con la tiza en la mano y la cabeza baja, haciendo cada tanto pequeñas muescas de impotencia con la tiza en el borde del pizarrón.

Pasó casi media hora antes de que el teléfono sonara. Seldom escuchó a Lorna en silencio, con una expresión impenetrable. Asentía con monosílabos cada tanto. —Sí —dijo en un momento—: ésa es exactamente la hora que figura en el mensaje.

Cuando colgó se dio vuelta hacia mí y sus facciones se distendieron por un instante.

—No fue Frank —dijo—, sino el paciente que estaba en la cama a su lado. El inspector Petersen estuvo recién en la morgue del hospital para verificar los muertos del domingo: es un hombre muy viejo, de más de noventa años, lo habían reportado ayer a las dos y cuarto como fallecido por muerte natural. Aparentemente ni la enfermera ni el médico principal de la planta advirtieron un pequeño punto en el brazo, como la marca que deja una inyección. Le harán ahora la autopsia para ver de qué se trata. Pero ya ve, creo que teníamos razón. Un crimen al que nadie vio en principio como un crimen. Una muerte que fue considerada natural y un punto en el brazo, sólo un punto... Un punto imperceptible. Seguramente eligió alguna clase de sustancia que no deja rastros, apuesto a que no encontrarán nada en la autopsia. Una muerte a la que sólo ese punto diferencia de una muerte natural. Un punto, un punto —repitió Seldom en voz baja, como si pudiera poner en marcha a partir de allí una multitud de implicaciones todavía invisibles.

El teléfono volvió a sonar. Era Kim, desde la planta baja, que me avisaba que un inspector de la policía subía a mi oficina. Abrí la puerta; la figura alta y delgada de Petersen asomó por la boca de la escalera. Había subido solo y tenía en la cara una expresión indisimulable de contrariedad. Entró y mientras nos saludaba miró el pizarrón con las dos figuras que había dibujado Seldom. Se dejó caer en una de las sillas.

—Hay una aglomeración de matemáticos allá abajo —dijo, casi acusadoramente, como si nos correspondiera a nosotros algo de la culpa—. En cualquier momento llegarán los periodistas... Tendremos que dar a conocer una parte del asunto, pero voy a pedirles que mantengan el secreto sobre el primer símbolo de la serie. Siempre evitamos hasta donde es posible que se difundan públicamente los casos de crímenes seriales, y sobre todo las constantes que se repiten. En fin —dijo, moviendo la cabeza—: vengo del Radcliffe. Esta vez fue un hombre muy viejo, un tal Ernest Clark. Estaba en coma, conectado a un respirador artificial, desde hacía años. No tenía, aparentemente, ninguna familia. La única conexión que vemos hasta ahora con Mrs. Eagleton es que Clark también participó en la guerra. Pero por supuesto, lo mismo podría decirse de cualquier otro hombre de su edad: toda esa generación tiene en común los años de la guerra. La enfermera lo encontró muerto en su ronda de las dos y cuarto y esa fue la hora que anotó en el brazalete, antes de retirarlo de la sala. Todo parecía perfectamente normal, no había ninguna señal de violencia, nada fuera de lugar, constató el pulso y escribió "muerte natural", porque le pareció un caso de rutina. Todavía no se explica cómo pudo haber entrado alguien en la sala, porque a esa hora recién empezaba el horario de visitas. El médico principal del segundo piso reconoció que no había revisado el cadáver exhaustivamente; llegó tarde al hospital, era domingo y quería volverse cuanto antes a su casa. Sobre todo, estaban esperando la muerte de Clark desde hacía meses, les parecía en el fondo mucho más extraño que siguiera vivo. De modo que confió en la anotación de la enfermera, transcribió en el acta la hora y causa de la muerte tal como estaban en la etiqueta y dio el visto bueno para que lo enviaran a la morgue. Estoy esperando ahora los resultados de la autopsia. Acabo de ver el papel allá abajo. Supongo que no podíamos esperar que volviera a escribir con su letra, ahora que sabe que estamos detrás de él. Pero esto ciertamente hace todo más difícil. Por la tipografía yo diría que recortó las letras del *Oxford Times*, quizá de los artículos que aparecieron sobre Mrs. Eagleton. Pero el pez está dibujado a mano — Petersen se volvió hacia Seldom—. ¿Cuál es la sensación que tuvo usted al mirar el papel? ¿Diría que se trata de la misma persona?

—¿Cómo saberlo? —dijo Seldom—. El papel parece del mismo tipo, y la ubicación y el tamaño del dibujo también son similares. Tinta negra en los dos casos… yo diría en principio que sí. Pero hay algo más que usted debería saber. Yo voy casi todas las tardes al Radcliffe, a visitar a un paciente del segundo piso, Frank Kalman. Clark era el paciente de la cama contigua a la de Frank. También: no vengo en general muy seguido al Instituto, pero sí tenía que estar aquí esta mañana. Yo diría que es alguien que me está siguiendo de cerca los pasos y sabe bastante de mí.

—En realidad —dijo Petersen, sacando una pequeña libreta de notas— sí estábamos al tanto de sus visitas al Radcliffe; ya sabe —dijo con un tono de disculpa—, tuvimos que preguntar un poco por ustedes dos. Veamos. En general usted hace sus visitas alrededor de las dos de la tarde, pero el domingo llegó después de las cuatro... ¿Qué fue lo que ocurrió?

—Estaba invitado a almorzar en Abingdon —dijo Seldom—. Perdí el bus de la una y treinta. Los domingos hay sólo dos por la tarde, tuve que esperar en la estación hasta las tres —Seldom buscó en uno de sus bolsillos y le extendió con frialdad un boleto de ómnibus a Petersen.

—Oh, no, no es necesario —dijo Petersen algo avergonzado—. Sólo me estaba preguntando...

—Sí, yo también lo pensé —dijo Seldom—. Soy en general el primero y el único que entra en esa sala durante el horario de visita. Si yo hubiera ido en mi horario habitual, habría estado sentado todo el tiempo junto al cadáver de Clark, supongo que esa era su idea. Que cuando descubrieran la muerte durante la ronda, yo estuviera allí. Pero otra vez las cosas no salieron exactamente como hubiera querido. Fue, en algún sentido, demasiado sutil: la enfermera no reparó en el pinchazo del brazo, lo confundió con una muerte natural. Y después, yo llegué mucho más tarde, y ni siquiera advertí que habían cambiado al paciente de esa cama. Para mí fue un día de visita totalmente normal.

—Pero tal vez sí quería que el crimen se confundiera en un principio con una muerte natural —dije yo—. Tal vez preparó la escena para que retiraran el cuerpo delante de sus ojos como si se tratara de una muerte de rutina. Es decir, que el crimen también fuera imperceptible para usted. Yo creo que debería contarle al inspector —le dije a Seldom— lo que piensa sobre esto, lo que me dijo a mí antes.

—Pero no podemos estar seguros todavía —dijo Seldom, con un tono de protesta intelectual—, no podemos hacer inducción con sólo dos casos.

—De todas maneras —dijo Petersen—, lo que sea, me gustaría escucharlo.

Seldom pareció dudar todavía un momento.

—En los dos casos —dijo finalmente con cautela, como si no quisiera ir más allá de los hechos— los crímenes fueron lo más leves posibles, si tiene sentido esta palabra. Pareciera que las muertes en sí no son exactamente lo que importa. Los crímenes son casi simbólicos. No creo que el asesino esté realmente interesado en matar, sino en señalar algo. Algo que seguramente tiene que ver con la serie de figuras que dibuja en los mensajes, la serie que empieza con un círculo y un pez. Los crímenes son sólo la manera de llamar la atención sobre esta serie y está eligiendo sus víctimas lo suficientemente cerca de mí con el único propósito de involucrarme. Creo que en el fondo es un problema puramente intelectual, pero que sólo se detendrá si logramos demostrarle —de algún modo— que pudimos resolver el sentido de la serie, es decir, que podemos predecir el símbolo, o el crimen, que vendrá a continuación.

—Voy a pedir esta tarde un perfil psiquiátrico, aunque no creo que todavía pueda decirse demasiado. De todos modos, quizá pueda ahora responderme a la pregunta que le hice antes. ¿Cree que se trata de un matemático?

—Me inclinaría a decir que no —dijo Seldom cautelosamente—. No por lo menos un matemático profesional. Yo diría que se trata de alguien que imagina que los matemáticos son algo así como el paradigma de la inteligencia y por eso busca medir fuerzas directamente con ellos. Una especie de megalómano intelectual. No creo que sea casual que haya elegido para el segundo mensaje la puerta de entrada del Instituto. Supongo que hay un segundo mensaje velado para mí en esto: si yo no acepto el desafío, algún otro matemático lo recogerá. Si es por hacer conjeturas, yo diría que es alguien que fue reprobado alguna vez injustamente en un examen de matemática, o quizá perdió una oportunidad importante en su vida por alguno de los tests de inteligencia de la clase que imaginaba Frank. Alguien que fue excluido de lo que considera el reino de la inteligencia, alguien que a la vez admira y odia a los matemáticos. Posiblemente concibió la serie como una venganza contra sus examinadores. Ahora es él de algún modo el examinador.

—¿Podría ser un alumno que usted hubiera desaprobado? —preguntó Petersen.

Seldom se sonrió levemente.

—Hace mucho que no desapruebo a nadie —dijo—. Sólo tengo alumnos de doctorado; todos son excelentes. Yo me inclinaría a pensar que se trata de alguien que no estudió matemática de una manera formal pero leyó ese capítulo de mi libro sobre los crímenes en serie y considera, desgraciadamente, que soy la persona a la que debe desafiar.

—Bien —dijo Petersen—; puedo ordenar como primera aproximación que me envíen un listado de las compras de su libro con tarjetas de crédito en las librerías de la ciudad.

—No creo que eso lo ayude mucho —dijo Seldom—. Durante el lanzamiento mis editores consiguieron que se publicara como anticipo en el *Oxford Times* justamente el capítulo sobre los crímenes en serie. Muchos creyeron que se trataba de una nueva forma de novela policial. Fue por eso que se agotó tan pronto la primera edición del libro.

Petersen se incorporó, algo desalentado, y estudió por un momento las dos figuras en el pizarrón.

—¿Cree que ahora puede decirme algo más sobre esto?

—El segundo símbolo de una serie da en general la pista sobre el modo en que debe leerse toda la sucesión: si como representación de objetos o hechos de algún posible mundo real, es decir, símbolos en el sentido más usual, o bien, sin ninguna connotación de significado, estrictamente en un plano sintáctico, como figuras de tipo geométrico. El segundo símbolo es aquí otra vez astuto, porque el pez está dibujado de una manera tan esquemática que admite las dos lecturas. La posición vertical es interesante. Podría tratarse de una serie de figuras con simetría respecto al eje vertical. Si debemos interpretarlo verdaderamente como un pez, hay por supuesto, muchas otras posibilidades.

—La pecera —dije yo, y cuando Petersen se dio vuelta hacia mí, algo sorprendido, Seldom asintió en silencio.

—Sí, eso pensé en un principio. Así es como llaman al piso donde estaba Clark en el Radcliffe —dijo—. Pero eso diría directamente que se trata de alguien dentro del hospital, no creo que haya elegido un símbolo que lo incrimine de una forma tan obvia. Además, en ese caso, ¿cómo se relacionaría el círculo con Mrs. Eagleton? —Seldom se paseó un instante con la cabeza baja.— Algo que también es interesante —dijo— y que está implícito de algún modo en los mensajes es que él suponga que los matemáticos pueden solucionarlo. Es decir, debe haber algo en los símbolos que se corresponda con la clase de problemas, o de intuiciones, que tienen que ver con el pensamiento de un matemático.

—¿Podría usted arriesgar ya cuál sería el tercer símbolo? —preguntó Petersen.

—Tengo —dijo Seldom— una primera idea; pero veo varias otras posibilidades de continuación igualmente, digamos, razonables. Es por eso que en los tests se dan al menos tres símbolos antes de preguntar por el siguiente. Dos símbolos admiten todavía demasiadas ambigüedades. Preferiría tener algún tiempo para pensarlo un poco más. No quisiera equivocarme. Él es ahora el examinador y el modo de marcarnos un error sería otro asesinato.

—¿Cree realmente que se detendrá si damos con la solución? —preguntó Petersen con escepticismo.

Pero no había nada como *la* solución, pensé. Eso era lo que podía ser más desesperante. Entendí de pronto por qué Seldom había querido que conociera a Frank Kalman y la segunda dimensión del problema que lo preocupaba. Me pregunté cómo haría para explicarle a Petersen sobre las inteligencias saltarinas, sobre Wittgenstein, sobre las paradojas de las reglas finitarias y los desplazamientos de las campanas normales. Pero Seldom sólo necesitó una frase:

—Se detendrá —dijo lentamente— si es la solución en la que *él* está pensando.

CAPÍTULO 12

Petersen se levantó de su silla y dio una vuelta por el cuarto con las manos detrás de la espalda. Recogió el saco, que había estirado sobre el borde del escritorio, volvió por un momento a clavar los ojos en el pizarrón, y con el dorso de la mano borró el círculo.

—Recuerden: hasta donde nos sea posible vamos a mantener en secreto el primer símbolo, no quisiera tentar a un *copycat*. ¿Creen que los matemáticos allí abajo podrían adivinarlo, ahora que conocen el segundo?

—No, no creo —dijo Seldom—, pero además, no es tan claro que les interese lo suficiente para intentarlo. Para un matemático el único problema que cuenta suele ser el que tiene entre manos: puede hacer falta más que un par de asesinatos para desviarlos.

—¿Es ése también su caso? —Petersen miraba ahora fijamente a Seldom; había un frío reproche en la pregunta.— Para ser honesto, estoy un poco... decepcionado —dijo, como si eligiera con cuidado sus palabras—. No esperaba por supuesto que me diera hoy mismo una respuesta definitiva, pero sí cuatro o cinco alternativas posibles, conjeturas que pudiéramos ir refinando o descartando, ¿no trabajan acaso también así los matemáticos? Pero quizá tampoco a usted le interesen lo suficiente un par de asesinatos.

—Tengo, ya le dije, una primera idea —dijo Seldom, sosteniendo con sus ojos pequeños y transparentes la mirada del inspector— y le prometo que me dedicaré a pensar en esto, enteramente. Sólo quiero estar seguro de no equivocarme.

—No quisiera que espere hasta la próxima muerte para cerciorarse —dijo Petersen, y luego, como si se viera obligado de mala gana a hacer las paces—. Pero si de verdad quiere colaborar, le pediría que venga a mi oficina mañana, después de las seis: ya tendremos el perfil psiquiátrico, me gustaría leérselo, quizá le recuerde a alguien. Usted también puede venir —me dijo, mientras nos extendía rápidamente la mano.

Cuando Petersen salió se hizo un largo silencio. Seldom fue hacia la ventana y empezó a enrollar un cigarrillo.

—¿Puedo hacerle una pregunta? —dije con cautela. Me daba cuenta de que posiblemente tampoco me dijera todo a mí, pero decidí que valía la pena hacer un intento—. Su idea, su conjetura, ¿es sobre el próximo símbolo o sobre el próximo crimen?

—Creo tener una idea sobre la continuación de la serie… sobre el próximo símbolo —dijo Seldom lentamente—, una idea que de todas maneras no me permite inferir nada sobre el próximo asesinato.

—Igualmente, ¿no cree que ya eso, el símbolo, podría ayudar muchísimo a Petersen? ¿Hay alguna otra razón por la que no quiso decírselo?

—Venga, bajemos al parque —me dijo—, quedan todavía unos minutos para la conferencia de mi alumno, quiero fumar un cigarrillo.

Aún había policías en la entrada, ocupados de las huellas sobre el vidrio, y debimos salir por una de las puertas traseras. Cruzamos en el camino a Podorov, que me hizo un saludo a medias y clavó la mirada en Seldom, como si esperara inútilmente a que lo reconociera. Bordeamos el laboratorio de Física y entramos al Parque Universitario por uno de los caminos de grava. Seldom fumaba en silencio, y creí por un momento que no volvería a hablar.

—¿Por qué se hizo usted matemático? —me preguntó sorpresivamente.

—No sé —dije—. Quizá fue una equivocación, siempre creí que iba a seguir una carrera humanística. Supongo que lo que me atrajo es la clase de verdad que encierran los teoremas: atemporal, inmortal, suficiente en sí misma, y a la vez, absolutamente democrática. ¿Qué fue lo que lo decidió a usted?

—Que fuera inofensiva —dijo Seldom—. Que fuera un mundo que no se toca con la realidad. Sabe, me pasaron algunas cosas realmente atemorizantes cuando era muy chico, y luego a lo largo de mi vida, como señales… señales intermitentes, pero demasiado repetidas, y demasiado terribles como para no prestarles atención.

—¿Señales? ¿De qué tipo?

—Digamos… la cadena de efectos que provocaba cualquier pequeña acción mía en el mundo real. Probablemente coincidencias, probablemente sólo coincidencias desgraciadas, pero que fueron lo suficientemente devastadoras como para inmovilizarme casi por completo. La última de estas señales fue el choque en el que murieron mis dos mejores amigos y mi mujer. Es difícil decirlo sin que suene absurdo, pero desde siempre, desde ya muy temprano en mi infancia, había notado que las conjeturas que hacía sobre el mundo real se cumplían, se cumplían siempre, pero por caminos extraños, de las maneras más horribles, como advertencias de que debía apartarme de ese mundo de todos. En la adolescencia estaba verdaderamente aterrado. Fue entonces cuando descubrí la matemática. Por primera vez me sentí en un territorio seguro. Por primera vez podía seguir una conjetura, tan encarnizadamente como quisiera, y al borrar el pizarrón, o tachar una página equivocada, regresar limpiamente a cero, sin consecuencias inesperadas. Hay una analogía teórica, sí, entre la matemática y la criminalística: como dijo Petersen, ambos hacemos conjeturas. Pero cuando usted plantea hipótesis sobre el mundo real introduce, sin poder evitarlo, un elemento de actividad irreversible que nunca deja de tener consecuencias. Cuando mira en una dirección deja de mirar en las demás, cuando persigue un camino posible, lo persigue en un tiempo real y luego puede ser tarde para intentar cualquier otro. Lo que más temo no es, como le dije a Petersen, equivocarme. Lo que más temo es lo que me ha pasado durante toda mi vida: que lo que pienso sea finalmente cierto, pero del modo más monstruoso.

—Pero callarse, negarse a revelar el símbolo, ¿no es, por omisión, una forma de acción, que también podría tener consecuencias incalculables?

—Puede ser, pero por ahora prefiero correr ese riesgo. No tengo tanto ánimo como usted para jugar al detective. Y si la matemática es democrática, la continuación está a la vista de todos: usted, el propio Petersen, tienen los mismos elementos para encontrarla.

—No, no —protesté—: lo que yo quise decir es que hay en la matemática un momento democrático, cuando se expone línea por línea una demostración. Cualquiera puede seguir el camino una vez que se ha marcado. Pero hay por supuesto un momento de iluminación anterior: lo que usted llamó el salto de caballo... sólo unos pocos, sólo a veces uno en siglos, consigue ver por primera vez el paso correcto en la oscuridad.

—Buen intento —dijo Seldom—, "uno en siglos" suena realmente dramático. De todos modos la continuación en la que estoy pensando es muy simple, no requiere en verdad ningún conocimiento matemático. Lo que parece mucho más difícil es establecer la relación entre los símbolos y los crímenes. Quizá no sea mala idea tener elementos de un perfil psiquiátrico. Bien —dijo, consultando su reloj—, yo debería volver al Instituto.

Le dije que yo caminaría todavía un poco más

por el parque y me extendió la tarjeta que le había dado Petersen.

—Aquí tiene la dirección del departamento de Policía, está frente a la tienda de Alice in Wonderland, podríamos encontrarnos allí a las seis, si le parece.

Seguí caminando por el sendero y me detuve en un ángulo bajo la sombra de los árboles a contemplar el enigma indescifrable de un partido de criquet. Me pareció durante unos minutos que estaba mirando sólo los preparativos anteriores al juego, o una serie de intentos fallidos por comenzar. Escuché en algún momento aplausos entusiastas de unas mujeres con grandes sombreros, que tomaban ponche sentadas en una esquina del campo. Evidentemente me había perdido una gran jugada, quizás incluso el juego había llegado a su clímax en ese momento delante de mis ojos, sin que yo hubiera sido capaz de ver más que esa exasperante inmovilidad. Crucé un pequeño puente, donde el parque perdía algo de su prolijidad, y caminé a lo largo del río, por unos pastizales amarillentos. Cada tanto me cruzaban pequeños botes con parejas que practicaban *punting*. Había una idea que estaba allí cerca, como el zumbido de un insecto que no se ve, una intuición a punto de expresarse, y por un momento sentí que si estuviera en el lugar adecuado quizá podría reconocer un borde que me permitiera atraparla. Como me ocurría en la matemática, no sabía si debía persistir y esforzarme por conjurarla, o bien olvidarlo todo, darle la espalda deliberadamente y esperar a que se dejara ver por sí misma. Algo en la calma del paisaje, en el sereno chapoteo del agua que desplazaban los remos, en las sonrisas corteses de los estudiantes que pasaban a bordo de los botes, parecía diluir toda acechanza. No sería allí en todo caso, me daba cuenta, donde se me revelaría una clave sobre muertes y asesinos.

Volví por un atajo entre los árboles a mi oficina. Mi compañero ruso había salido a almorzar y decidí llamar a Lorna. Su voz me llegó con una vibración excitada y alegre. Sí, tenía *novedades,* pero antes quería saber las mías. No, Seldom sólo le había dicho que había aparecido un mensaje extraño pegado sobre un vidrio. Tuve que contarle cómo había encontrado el papel, describirle el símbolo y luego reproducir hasta donde recordaba la conversación con Petersen. Lorna me hizo varias preguntas más antes de decidirse a contarme su parte. No habían trasladado el cadáver a la morgue policial, sino que el forense de la policía había preferido hacer la autopsia allí mismo, con uno de los médicos del hospital. Ella había logrado que el médico le contara algo durante el almuerzo. ¿Eso había sido difícil?, pregunté yo con una punzada de celos. Lorna rió. Bueno, varias veces antes él la había invitado a sentarse a su lado, y esta vez había aceptado.

—Estaban los dos bastante desconcertados —dijo Lorna—. Lo que fuera que le inyectaron no dejó ningún rastro. No encontraron absolutamente nada, me dijo que él también hubiera podido firmar inadvertidamente un certificado de muerte natural. Ahora bien, queda todavía una explicación: hay una sustancia bastante reciente, que se extrae de un hongo, la *Amanita muscaria*, para la que no se pudieron encontrar todavía reactivos que la detecten. Fue presentada el año pasado en un congreso cerrado de medicina en Boston. Lo curioso, lo más interesante, es que esa droga es como un secreto entre los forenses, parece que se juramentaron para que no se difundiera ni siquiera el nombre. ¿No indicaría eso que habría que buscar al asesino entre los médicos forenses?

—O entre las enfermeras que almuerzan con ellos —dije—; y además: las secretarias de actas del congreso, los químicos y biólogos que identificaron la sustancia y posiblemente también la policía... supongo que a ellos les habrán contado.

—Igualmente —dijo Lorna algo ofendida— la búsqueda se reduce muchísimo: no es algo que esté en cualquier botiquín.

—Sí, eso es cierto —dije en un tono conciliador—. ¿Cenamos juntos esta noche?

—Voy a salir muy tarde esta noche, pero podría ser mañana. ¿Seis y media en The Eagle and Child?

Recordé la cita con Petersen.

—¿Puede ser a las ocho? Todavía no me acostumbro a cenar tan temprano.

Lorna rió.

—*Okey-dokey*, hagamos por una vez el horario *gaúcho*.

CAPÍTULO 13

Una mujer policía muy delgada y enjuta, que casi desaparecía bajo su uniforme, nos condujo por una escalera hasta la oficina de Petersen. Entramos en una sala amplia, con las paredes de un color salmón subido, que conservaba la orgullosa austeridad inglesa de posguerra, sin condescender a ningún lujo. Había algunos altos archivos de metal y un escritorio de madera sorprendentemente modesto. Una ventana de medio punto dejaba ver un recodo del Támesis, y en la tarde indolente del verano los estudiantes tumbados en la orilla para recibir el último sol y el agua inmóvil y dorada, hacían recordar los cuadros de Roderick O'Conor que había visto en Londres, en la galería Barbican. Dentro de su despacho, echado hacia atrás en su sillón, Petersen parecía más sereno, como si desapareciera un elemento de su actitud vigilante, o tal vez fuera simplemente que había dejado de considerarnos sospechosos y quería mostrarnos que también podía reemplazar, si se lo proponía, su máscara de policía por la máscara general británica de la *politeness*. Se levantó para acercarnos unas sillas severas de respaldo alto, con el tapizado algo desco-

123

sido y brilloso de roces. Pude espiar, mientras volvía a su lugar detrás del escritorio, la imagen en un portarretratos de plata que reposaba en un ángulo: se lo veía muy joven, de perfil, ayudando a montar a una pequeña niña a caballo. Hubiera esperado ver, por lo que me había contado Seldom, alguna documentación, recortes de diarios, quizá fotos sobre las paredes de los casos que había resuelto y, en aquel despacho perfectamente anónimo, era difícil saber si Petersen era ejemplarmente modesto, o más bien la clase de persona que prefiere no dejar saber nada de sí para averiguarlo todo de los otros. Extrajo del interior de su saco un par de lentes que refregó con un pedazo de franela mientras echaba una mirada a unas hojas sueltas sobre su escritorio.

—Bien —dijo—, les voy a leer lo esencial del informe. Nuestra psiquiatra parece creer que se trata de un hombre, un hombre alrededor de los treinta y cinco años. Lo llama en el informe Mr. M, supongo que por *murderer*. M, nos dice, probablemente nació en el seno de una familia de clase media baja, en un pequeño pueblo o el suburbio de una gran ciudad. Quizá fuera hijo único, o en todo caso, un hijo que se destacó tempranamente en alguna actividad intelectual: el ajedrez, la matemática, la lectura, una actividad desacostumbrada en su entorno familiar. Sus padres confundieron esta precocidad con alguna clase de genio, y esto lo separó durante su infancia de los juegos y rituales de los chicos de su edad. Posiblemente era el blanco de sus burlas y quizá esto estuviera acentuado por algún rasgo de debilidad física: voz afeminada, uso de lentes, obesidad... Estas burlas extremaron su retraimiento y le hicieron concebir sus primeras fantasías de venganza. En estas fantasías M imagina, típicamente, que su talento triunfa y que puede aplastar con su éxito a quienes lo humillan. Llega por fin el momento de la prueba, el momento que esperó tantos años. Un certamen particularmente importante de alguna clase o tal vez el examen de ingreso a la universidad, en la disciplina en la que se había destacado. Es su gran oportunidad, la posibilidad de salir de su pueblo y saltar a esa segunda vida para la que se ha preparado en silencio, de una manera obsesiva, durante toda la adolescencia. Pero aquí ocurre lo imprevisto: los examinadores cometen una injusticia de algún tipo y M debe volver derrotado. Esto provoca la primera fisura, lo que se llama el síndrome Ambere, por el nombre del escritor en que se estudió por primera vez esta clase de obsesión.

Petersen abrió uno de sus cajones y puso sobre el escritorio un grueso diccionario de psiquiatría del que sobresalía un papelito en una de las primeras páginas.

—Me pareció interesante repasar ese primer caso. Veamos: Jules Ambere era un oscuro escritor francés hundido en la pobreza, que envió en 1927 el manuscrito de su primera novela a la editorial G..., en ese momento la editorial más importante de Francia. Había trabajado durante años en ella, corrigiéndola con una obsesión fanática. Pasan seis meses y recibe una carta indudablemente cordial, firmada por una de las editoras, una carta que guardó hasta último momento. En esa carta le manifiestan admiración por su novela y le proponen que viaje a París para discutir las condiciones de un contrato. Ambere empeña sus pocas cosas de valor para pagar el viaje, pero en la entrevista algo sale mal. Lo llevan a comer a un restaurante exclusivo, su ropa desentona, sus modales en la mesa no son los adecuados, se atraganta con una espina de pescado. Nada demasiado grave, pero el contrato no se firma y Ambere vuelve a su pueblo humillado. Empieza a llevar la carta en su bolsillo y repite una y otra vez a sus amigos, durante meses, la pequeña historia. La segunda característica recurrente es este período de incubación y fijación que puede durar varios años. Otros autores lo llaman el síndrome de la "oportunidad perdida", para acentuar este elemento: el acto de injusticia ocurre en una circunstancia decisiva, un punto de inflexión que hubiera podido cambiar drásticamente la vida de la persona. Durante el período de incubación la persona vuelve obsesivamente sobre ese único momento, sin conseguir reanudar su vida anterior, o bien se readapta sólo exteriormente, y empieza a concebir fantasías furiosamente asesinas. El período de incubación termina cuando aparece lo que se llama en la literatura psiquiátrica la "segunda oportunidad", una conjunción de circunstancias que recrean parcialmente aquel momento, o dan una ilusión de semejanza suficiente. Muchos autores establecen aquí una analogía con el cuento del genio en la botella de *Las Mil y Una Noches*. En el caso de Ambere la segunda oportunidad es particularmente nítida, pero en general el patrón puede ser más vago. Trece años después de aquel rechazo, una lectora recién incorporada a la editorial G... encuentra casualmente el manuscrito durante una mudanza, y el escritor es llamado por segunda vez a París. Esta vez Ambere se viste de una manera impecable, cuida con minuciosidad sus modales durante el almuerzo, conversa con un tono perfectamente casual y cosmopolita, y cuando sirven el postre estrangula a la mujer sobre la mesa antes de que los mozos puedan hacer nada.

Petersen alzó una ceja y dejó de lado el diccionario para volver al informe; echó una ojeada silenciosa a la segunda página antes de pasarla por alto, y recorrió rápidamente los primeros párrafos de la tercera página.

—Recién aquí el informe vuelve a lo que nos interesa. La psiquiatra asegura que no estamos ante un psicópata. Lo característico del comportamiento del psicópata es la falta de remordimientos y una exacerbación progresiva de la crueldad que tiene que ver con un elemento de nostalgia: la búsqueda de un hecho que pueda conmoverlo. En este caso, lo que se manifiesta hasta ahora es, por el contrario, cierta delicadeza, una preocupación por hacer el mínimo daño posible... La doctora, como usted —dijo, levantando por un instante la vista a Seldom—, parece encontrar este detalle particularmente fascinante. En su opinión, fue el capítulo de su libro sobre los

127

crímenes en serie lo que recreó para M la "segunda oportunidad". Nuestro hombre vuelve a la vida. M busca a la vez venganza y admiración, admiración de ese grupo al que siempre quiso pertenecer y del que fue injustamente expulsado. Y aquí al menos ella sí arriesga una interpretación posible para los signos. M, en sus raptos megalómanos, se siente un creador, M quiere dar nombre otra vez a las cosas. Se perfecciona y perfecciona su creación: los símbolos dan cuenta, como en el Eclesiastés, de las etapas de una evolución. El próximo símbolo, sugiere, podría ser un ave.

Petersen reagrupó las hojas y miró a Seldom.

—¿Coincide esto con lo que usted estaba pensando?

—No en cuanto al símbolo. Todavía creo que si los mensajes están dirigidos a los matemáticos, la clave también debería ser, en algún sentido, matemática. ¿Hay en el informe alguna explicación sobre esta característica de "levedad" en las muertes?

—Sí —dijo Petersen, volviendo hacia atrás a las páginas que había salteado—, lo lamento: la psiquiatra considera que los crímenes son una forma de cortejo hacia usted. En M se mezcla el deseo genérico de venganza con el deseo, mucho más intenso, de pertenecer al mundo que usted representa, de recibir admiración, aunque sea horrorizada, de los mismos que lo han rechazado. Por eso elige por ahora una forma de matar que, supone, aprobaría un matemático, con una mínima cantidad de elementos, aséptica, sin crueldad, casi abstracta. M trata a su modo, como en la primera etapa de un enamoramiento, de serle grato; los crímenes son, también, ofrendas. La psiquiatra se inclina a pensar que M es un homosexual reprimido que vive solo, pero no descarta que pueda haberse casado y que aún ahora tenga una vida familiar convencional, que enmascare estas actividades secretas. Agrega que a esta primera etapa de seducción puede sucederle, si no obtiene ningún signo de respuesta, una segunda etapa colérica, con crímenes más sanguinarios, o dirigidos a personas mucho más próximas a usted.

—Bueno, esta chica casi parece conocerlo personalmente, sólo falta que nos diga si tiene un lunar en la axila izquierda —exclamó Seldom, y no pude distinguir si lo que había en su tono era sólo ironía o un asomo de irritación contenida. Me pregunté si le habría chocado la referencia homosexual—. Me temo que los matemáticos sólo podemos hacer conjeturas mucho más modestas. Pero, de todas maneras, volví a pensar en lo que me dijo y quizá deba dejarle saber mi idea... —Buscó su libretita en el bolsillo, tomó prestada del escritorio una lapicera fuente y garabateó un par de trazos que no alcancé a ver. Arrancó la hoja, la dobló en dos y se la extendió a Petersen—: ahora tiene usted dos posibles continuaciones para la serie.

En el modo de doblar el papel al entregárselo hubo algo confidencial que Petersen pareció registrar. Abrió el papel, le dio una mirada y se quedó en silencio por un momento antes de volver a doblarlo y guardarlo en un cajón de su escritorio, sin preguntar nada. Quizás en el pequeño duelo que habían sostenido los dos hombres Petersen se conformaba por ahora con haberle arrancado el símbolo y no quería forzar a Seldom con más preguntas, o quizá, más simplemente, prefiriera conversar luego en privado con él. Se me ocurrió que tal vez debiera levantarme para dejarlos a solas, pero fue Petersen el que se incorporó en ese momento para despedirnos con una sonrisa inesperadamente cordial.

—¿Tuvieron los resultados de la segunda autopsia? —preguntó Seldom mientras nos dirigíamos a la puerta.

—Ese es también un pequeño misterio interesante —dijo Petersen—; los forenses estaban al principio desconcertados: no encontraron en el organismo rastros de ninguna sustancia conocida, creyeron incluso que podría tratarse de una droga invisible muy reciente, de la que yo no había escuchado nunca. Pero esto por lo menos creo haberlo resuelto —dijo, y por primera vez vi en sus ojos algo parecido al orgullo—: él puede creerse muy inteligente, pero nosotros también pensamos un poco cada tanto.

CAPÍTULO 14

Salimos en silencio del departamento de Policía y caminamos de regreso por St. Aldates hasta Carfax Tower sin intercambiar una palabra.

—Necesito comprar tabaco —dijo Seldom—, ¿me acompañaría al Covered Market?

Asentí con la cabeza y doblamos en High Street sin que yo hubiera vuelto a hablar. Seldom se sonrió para sí.

—Está molesto porque no compartí el símbolo con usted. Pero créame que tengo una razón.

—¿Una razón distinta de lo que me contó ayer en el parque? Ahora que ya se lo enseñó a Petersen no alcanzo a ver por qué las consecuencias de que yo lo conozca podrían ser peores.

—Podrían ser... otras —dijo Seldom—, pero no es ése exactamente el motivo. Lo que quiero evitar es que mis conjeturas interfieran con las de usted. Es lo mismo que hago con mis alumnos de doctorado: trato de no adelantarme a ellos con mis propios razonamientos. Lo más valioso en el pensamiento de un matemático es el momento solitario de la primera intuición. Aunque no lo crea confío más en usted que en mí para que encuentre la idea correcta: usted estuvo allí en el principio y el principio, como diría Aristóteles, es la mitad del todo. Usted, estoy seguro, registró algo, aunque todavía no sepa qué, y sobre todo, usted no es inglés. En ese primer crimen está la matriz, ese círculo es como el cero de los números naturales, un símbolo de máxima indeterminación, sí, pero que a la vez lo determina todo.

Habíamos entrado en el mercado y Seldom se demoró en elegir su mezcla de tabaco en la cigarrería de una mujer india. La mujer, que se había incorporado de un taburete para atenderlo, llevaba un vestido largo y envolvente de seda y una insignia en la frente de un verde esmeralda. De su oreja izquierda pendía un aro de plata como una cinta circular. En realidad, mirando con más atención, vi que era una serpiente enroscada. Recordé de pronto lo que había dicho Seldom sobre el uróboro de los gnósticos y no pude resistirme a preguntarle sobre el símbolo.

—*Shunyata* —me dijo, tocando levemente la cabeza de la serpiente—: el vacío y la totalidad. El vacío de cada cosa por separado, la totalidad que las abraza. Difícil, difícil de entender. La realidad absoluta, por encima de todas las negaciones. La eternidad, lo que no tiene principio ni fin... la reencarnación.

Pesó con cuidado en una balanza de precisión las hebras de tabaco y cambió un par de palabras más con Seldom mientras le entregaba el vuelto. Salimos por el laberinto de puestos hacia la calle y en la arcada, de pie, nos encontramos a Beth junto a una pequeña mesa de la orquesta del Sheldonian, repartiendo unos volantes de propaganda. Estaban organizando una función benéfica y los músicos de la orquesta —nos contó— se turnaban para ofrecer las entradas. Seldom alzó uno de los programas.

—El concierto de 1884 con cañones auténticos y fuegos artificiales en Blenheim Palace —dijo—. Me temo que no podrá escapar de Oxford sin ir, por lo menos una vez, a un concierto con fuegos artificiales. Déjeme por favor invitarlo —y sacó del bolsillo el dinero para dos entradas.

No había vuelto a conversar con Beth desde mi viaje a Londres, y mientras buscaba los talonarios y escribía los números de los asientos me pareció que rehuía mi mirada. En todo caso, el encuentro parecía incomodarla.

—¿Podré verte finalmente tocar? —le dije.

—Creo que será mi último concierto —y sus ojos se cruzaron por un instante con los de Seldom, como si fuera algo que aún no le había dicho a nadie y no estuviera muy segura de la aprobación de él—: me caso a fin de mes y voy a pedir una licencia... no creo que después siga tocando.

—Es una pena —dijo Seldom.

—¿Que no siga tocando o que me case? —dijo Beth, y se sonrió sin alegría de su propio chiste.

—¡Las dos cosas! —dije yo. Rieron francamente, como si mi frase les hubiera procurado un inesperado alivio, y al verlos reír así volvió a mí lo que me había dicho Seldom, que yo no era inglés. Aun en esa risa espontánea había algo contenido, como si se tomaran una libertad infrecuente de la que no debían abusar, y aunque Seldom hubiera podido protestar que él era escocés, había de todos modos entre ellos, en los gestos, o más bien en el cuidadoso ahorro de gestos, un indudable aire en común.

Salimos por Cornmarket Street y le señalé a Seldom un afiche en una de las carteleras comunales que ya había visto antes en la entrada de la Biblioteca Bodleiana: era el anuncio de una mesa redonda en la que participarían el inspector Petersen y un autor local de novelas policiales: *¿Existe el crimen perfecto?* El título de la charla hizo detener a Seldom por un instante.

—¿Usted cree que es un anzuelo de Petersen? —me preguntó. Era algo en lo que no había pensado.

—No, la charla está anunciada desde hace casi un mes. Y supongo que si quisieran tenderle una trampa lo hubieran invitado también a usted.

—*Crímenes perfectos…* Hay un libro con ese mismo título que yo consulté cuando trataba de establecer las analogías de la lógica con la investigación criminal. El libro pasaba revista a decenas de casos nunca resueltos. El más interesante, para lo que yo buscaba, era el de un médico, Howard Green, que llegó a la formulación para mí más precisa del problema. Quería matar a su esposa y escribió un diario minucioso, verdaderamente científico, sobre todas las posibles ramificaciones adversas. No era difícil, concluía él, matarla de una manera en que la policía no pudiera culpar definitivamente a nadie. Proponía catorce formas diferentes, algunas realmente ingeniosas. Lo que era mucho más difícil era librarse a sí mismo para siempre de cualquier sospecha. El peligro principal para el criminal, sostenía, no era la investigación que pudiera hacerse de los hechos hacia atrás —eso podía siempre solucionarse borrando o confundiendo rastros con una preparación suficiente del crimen— sino las trampas sucesivas que podían tenderle *hacia adelante*. La verdad, escribió en términos casi matemáticos, es férreamente única: cualquier apartamiento de la verdad es siempre refutable. Él sabría en cada interrogatorio lo que había hecho y cada coartada en la que pensaba tenía inevitablemente un elemento de falsedad que con la suficiente paciencia podía ser puesto al descubierto. Ninguna de las alternativas que analiza lo convencen: hacerla matar por otro, simular un suicidio o un accidente, etc. Llega entonces a la conclusión de que debe proporcionarle a la policía otro culpable, uno que sea obvio e inmediato y que cierre la investigación. El crimen perfecto, escribe, no es el que queda sin resolver sino el que se resuelve con un culpable equivocado.

—¿Y la mata finalmente?

—Oh no, *ella lo mata a él*. Descubre una noche el diario, tienen una pelea terrible, ella se defiende con un cuchillo de cocina y logra herirlo mortalmente. Al menos esto es lo que le cuenta al tribunal. El jurado, horrorizado por la lectura del diario y las fotos de los hematomas de su cara, dictamina que el homicidio fue en defensa propia y la declara inocente. Es por ella en realidad que el crimen figura en el libro: muchos años después de muerta unos estudiantes de grafología demostraron que la letra en el cuaderno del Dr. Green era una imitación casi perfecta, pero sin duda no pertenecía a él. Y descubrieron también este pequeño detalle fascinante: el hombre con el que se casó ella discretamente poco después era un copista de ilustraciones y obras antiguas de arte. Me gustaría saber quién de los dos fue en todo caso el que redactó el diario: es una impostación magistral del estilo científico. Fueron increíblemente audaces porque el diario, que se leyó durante el juicio, decía y revelaba línea por línea lo que ellos habían hecho. Mentir con la verdad, con todas las cartas sobre la mesa, como un acto de ilusionismo con las manos desnudas... A propósito: ¿conoce usted a un mago argentino que se llama René Lavand? Si lo vio alguna vez no puede olvidarse.

Negué con la cabeza, ni siquiera me sonaba remotamente el nombre.

—¿No? —dijo Seldom sorprendido—. Tiene que verlo actuar. Sé que vendrá muy pronto a Oxford, podemos ir juntos a verlo. ¿Recuerda nuestra conversación en Merton College, sobre la estética de los razonamientos en distintas disciplinas? La lógica de las investigaciones criminales fue, como le dije, mi primer modelo. El segundo fue la magia. Pero me alegro de que no lo conozca —dijo con el entusiasmo de un niño—, eso me dará la oportunidad de ver su espectáculo otra vez.

Habíamos llegado frente a la puerta de The Eagle and Child. Vi por una de las ventanas a Lorna. Estaba sentada de espaldas a nosotros, con el pelo rojizo suelto hacia atrás y hacía girar distraídamente sobre la mesa el posavasos redondo de cartón. Seldom, que había sacado mecánicamente su sobre de tabaco, siguió mi mirada.

—Vaya, por favor, vaya —dijo—: a Lorna no le gusta esperar.

CAPÍTULO 15

Pasaron casi dos semanas sin que me enterara de ninguna otra novedad en el caso. Perdí también durante esos días todo contacto con Seldom, aunque supe por un comentario casual de Emily que estaba en Cambridge, ayudando a organizar un seminario de Teoría de Números. "Andrew Wiles cree que puede probar la última conjetura de Fermat", me había dicho Emily divertida, como si se refiriera a un niño incorregible, "y Arthur es uno de los pocos que se lo toman en serio". Era la primera vez en mi vida que escuchaba el nombre de Wiles. Había creído hasta entonces que ya ningún matemático profesional se ocupaba del último teorema de Fermat. Después de trescientos años de batallas, y sobre todo, después de Kummer, el teorema se había convertido en el paradigma de lo que los matemáticos consideraban un problema intratable. Se sabía que la solución, en todo caso, estaba más allá de todas las herramientas conocidas, y que era tan difícil como para consumir la carrera y la vida de cualquiera que lo desafiara. Cuando le dije algo de esto a Emily, asintió como si también para ella fuera un pequeño misterio. "Y sin embargo", me dijo, "Andrew fue mi alumno, y si hay alguien en el mundo que pueda resolverlo, yo también apostaría por él".

Yo mismo decidí aceptar en esas semanas una invitación a una escuela de Teoría de Modelos en Leeds, pero en vez de prestar atención a las conferencias me encontraba en cada sesión escribiendo en los márgenes de mi cuaderno, como una invocación al vacío, los símbolos del círculo y el pez. Había tratado de leer entre líneas los informes del diario en los días siguientes a la muerte de Clark, pero quizá por alguna intervención de Petersen, la posible conexión entre los dos crímenes era mencionada sólo al pasar, y aunque se describía el símbolo del pez, el diario parecía a oscuras sobre este punto y se inclinaba a considerarlo como una clase de firma. Le había pedido a Lorna que me escribiera detalladamente sobre cualquier novedad de la que se enterara, pero lo que recibí en una hoja manuscrita no fue un informe, sino una carta de una variedad que hubiera creído desaparecida, o que no hubiera asociado con ella; larga, tierna, inesperada: era una carta de amor. Alguien hablaba en el seminario del experimento de la habitación china y mientras yo releía las frases de Lorna que parecían escritas en un arrebato del que no había querido arrepentirse, pensaba que el problema más lacerante de la traducción es saber qué dice, qué quiere decir realmente la otra persona cuando desliza bajo la puerta una hoja con la terrible palabra. Le transcribí en mi contestación el ruego de Qais ben-al-Mulawah en uno de los versos para Layla:

Oh Dios, haz que el amor entre ella y yo sea parejo
que ninguno rebase al otro
Haz que nuestros amores sean idénticos,
como ambos lados de una ecuación.

Volví a Oxford el día del concierto. Tenía en mi casillero del Instituto un pequeño plano que me había dejado Seldom con indicaciones y alternativas para llegar a Blenheim Palace y un horario para encontrarnos. A la tarde, cuando estaba terminando de vestirme, sentí unos golpes en la puerta. Era Beth, y por un instante quedé enmudecido, sin poder hacer otra cosa que mirarla. Llevaba un vestido negro con un escote profundo y guantes que le enfundaban los brazos casi hasta los codos. Tenía los hombros totalmente desnudos, y el pelo, echado hacia atrás, dejaba al descubierto la línea firme del mentón y el cuello largo y esbelto. Estaba, por primera vez, pintada, y la transformación no podía ser más arrasadora. Sonrió nerviosamente bajo mi mirada.

—Pensamos con Michael que quizá quieras venir con nosotros en el auto, si no te importa llegar un poco antes. Estamos ya por salir.

Recogí un pulóver delgado de hilo y la seguí por el camino que bordeaba el jardín. Había visto antes sólo una vez a Michael, de lejos, desde la ventana de mi cuarto. Estaba cargando el violoncelo de Beth en el asiento de atrás y cuando finalmente se asomó para saludarme, vi una cara alegre e ingenua con las aureolas rojas en las mejillas de un campesino o un tomador feliz de cerveza. Era muy alto y corpulento, pero había algo blando en sus facciones que me hizo recordar la frase despectiva de Beth. Estaba vestido con un frac arrugado, que ya no alcanzaba a cerrarle sobre el abdomen. Un mechón largo y lacio de pelo rubio le había caído sobre la frente, pero vi que el movimiento de echárselo con dos dedos hacia atrás era un tic que repetía continuamente. Pensé con malevolencia que pronto se quedaría pelado.

El auto se puso en marcha y salimos a paso de hombre de la ondulación del *close*. Cuando nos aproximábamos al cruce con la avenida los faros iluminaron sobre el pavimento al animal despanzurrado que nadie había recogido. Michael dio un brusco giro al volante para evitar pasarle por encima y bajó la ventanilla para mirar los despojos, sobre la gran mancha de sangre seca. Los restos estaban ahora totalmente aplanados pero conservaban todavía monstruosamente la forma en dos dimensiones.

—Es un *angstum* —le dijo a Beth—: debe haber caído del árbol.

—Está ahí desde hace días —dije—, yo tuve que pasar al lado cuando recién lo habían atropellado. Creo que tenía una cría. Nunca había visto en mi vida un animal así.

Beth se asomó por sobre el brazo de Michael y dio una mirada rápida, sin mucha curiosidad.

—Es como un marsupial, con la forma de una rata grande: creo que en América también existen, en los pantanos del sur. Seguramente la cría cayó de la bolsa y la madre saltó detrás para protegerla. El *angstum* hace todo por salvar a su cría —dijo.

—¿Y nadie va a recoger los restos? —pregunté yo.

—No. Los recolectores son supersticiosos. Nadie se anima a tocar a un *angstum*, creen que contagian la muerte. Pero los autos se lo van a ir llevando de a poco.

Michael aceleró para tomar la avenida antes del cambio de luces y cuando el auto entró en el cauce normal del tránsito se volvió hacia mí para formularme las mismas preguntas corteses de siempre. Recordé que una escritora inglesa, probablemente Virginia Woolf, había excusado una vez los formalismos sociales de sus compatriotas explicando que la conversación inicial aparentemente trivial sobre el clima era el deseo de establecer un territorio común y una atmósfera cómoda antes de pasar a temas más importantes. Pero yo ya empezaba a preguntarme si existiría realmente esa segunda etapa, si llegaría alguna vez a enterarme de esos temas más importantes. Les pregunté en un momento cómo se habían conocido ellos dos. Beth dijo que se sentaban uno al lado del otro en la orquesta, como si aquello lo explicara todo, y en realidad, cuanto más los miraba, aquella parecía, sí, la única explicación. Contigüidad, rutina, repetición, la amalgama más efectiva. No había sido ni siquiera, como podían decir otras mujeres, "el primero que pasó"; había sido algo más inmediato: "el que tenía sentado más cerca". Por supuesto, ¿qué sabía yo? No, no podía *saber*, pero sospechaba que el único atractivo de Michael era que otra mujer antes lo había elegido.

El auto salió al anillo periférico y por unos pocos minutos, mientras Michael aumentaba la velocidad en la autopista y cruzábamos como relámpagos carteles de publicidad, sentí que volvía al mundo moderno. Doblamos en dirección a Woodstock por una franja estrecha de asfalto con árboles a los dos lados. Las ramas se entrelazaban arriba en un largo túnel que sólo permitía ver la próxima curva adelante. Atravesamos el pequeño pueblo, hicimos unos doscientos metros por un camino lateral y al trasponer un arco de piedra, vimos aparecer con el último sol de la tarde los inmensos jardines, el lago, y la silueta majestuosa del palacio, con las esferas doradas en el techo y las figuras de mármol que asomaban desde las balaustradas como vigías. Dejamos el auto en el estacionamiento de la entrada. Beth y Michael caminaron con los instrumentos atravesando el jardín hasta la glorieta donde estaban acomodados los atriles y los asientos para los músicos de la orquesta. Las sillas para el público, todavía vacías, habían sido ordenadas por una mano amante de los detalles en semicírculos concéntricos impecables. Me pregunté cuánto duraría aquel pequeño prodigio de geometría una vez que llegara la gente y si alguien más alcanzaría a admirar ese trabajo. Decidí caminar por el bosque y por el borde del lago en la media hora que quedaba. Anochecía. Un hombre muy viejo con uniforme gris estaba tratando de reunir los pavos reales del jardín para ponerlos a resguardo. Vi algunos caballos sueltos a través de los árboles. Un cuidador con dos perros me cruzó en el camino e inclinó hacia abajo su sombrero para saludarme. Cuando llegué al extremo del lago había oscurecido por completo. Miré en dirección al palacio; como si un gigantesco interruptor se hubiera alzado, todo el frente se iluminó por completo con la fulguración serena de una joya antigua. El lago, alcanzado por el reflejo, parecía extenderse mucho más allá de lo que había imaginado. Desistí de rodearlo y decidí volver por el mismo camino. Gran parte de las sillas ya estaban ocupadas y me asombró la cantidad de gente que seguía llegando en pequeñas caravanas perfumadas, arrastrando la cola de vestidos largos. Vi que Seldom me hacía señas con el programa en alto desde una de las primeras filas. Estaba también sorprendentemente elegante, con un smoking y un moño negro. Hablamos por un momento del seminario que estaba organizando en Cambridge, del secreto que rodeaba a la presentación de Wiles y muy brevemente de mi viaje a Leeds. Me di vuelta y vi que dos empleados se apuraban abriendo sillas para formar una fila adicional.

—No imaginé que vendría tanta gente —dije.

—Sí —dijo Seldom—, casi todo Oxford está aquí: mire hacia allá —y señaló con los ojos unos asientos atrás a la derecha.

Volví a darme vuelta con más disimulo y vi a Petersen con una mujer muy joven, probablemente la niñita rubia que había visto en la foto, unos veinte años después. El inspector nos hizo un pequeño saludo con la cabeza.

—Y hay alguien más que ahora encuentro en todos lados —dijo Seldom—: dos filas detrás de la nuestra, el hombre de traje gris que finge leer el programa. ¿Lo reconoce sin el uniforme? Es el teniente Sacks. Petersen parece creer que nuestro hombre puede intentar un acercamiento más directo la próxima vez.

—Entonces, ¿volvió a hablar con él? —pregunté.

—Sólo por teléfono. Me pidió que escribiera en los términos más sencillos posibles la justificación del tercer símbolo, la ley de formación de la serie, como yo la imagino. Le envié desde Cambridge la explicación. Es apenas media página, contra ese informe tan… imaginativo que nos leyó. Creo que tiene un plan, pero seguramente todavía duda. Es interesante el poder de seducción de las conjeturas psiquiátricas. Aunque sean falsas o incluso absurdas resultan siempre más atractivas que un razonamiento puramente lógico. La gente tiene una resistencia natural, una desconfianza instintiva hacia los esquemas lógicos. Y aun con todas las razones equivocadas, en el fondo de esta resistencia, si uno estudia la formación histórica de la lógica en el cerebro humano, hay quizás algún fundamento.

Seldom había bajado insensiblemente la voz. Los murmullos a nuestro alrededor cesaron y las luces se atenuaron casi hasta extinguirse. Un poderoso haz blanco iluminó dramáticamente a los músicos en la glorieta. El director dio dos golpes breves sobre el atril, extendió la mano hacia el violinista y escuchamos la primera línea solitaria de la sonata que abría el programa, como una voluta de humo que se esforzaba por elevarse y se abría paso a tientas en el silencio.

Con extrema suavidad, como si recogiera en el aire hilos sutiles, el director hizo entrar en escena a Beth y a Michael, a los vientos, al piano, y por último al percusionista. Miré a Beth, aunque en realidad ni aun cuando escuchaba a Seldom había dejado de mirarla. Me pregunté si allí en el escenario estaría la verdadera conexión con Michael, pero parecían los dos absortos y reconcentrados, cada uno siguiendo la partitura y dando vuelta con rapidez las páginas. Cada tanto un brusco golpe de timbal me hacía levantar la mirada hacia el percusionista. Era, por mucho, el más anciano en la orquesta, un hombre muy alto, encorvado por la edad, con un bigote blanco ya algo amarillento en las puntas que alguna vez debió ser su orgullo. Tenía un aspecto vacilante y tembloroso que contrastaba con el vigor espasmódico de sus golpes, como si estuviera ocultando a la vista de los demás un incipiente mal de Parkinson. Noté que retiraba sus manos a la espalda después de cada golpe y que el director se esforzaba con una cómica seña por atemperar sus intervenciones. Hubo un crescendo majestuoso y el director marcó el cierre con un movimiento enérgico antes de darse vuelta para recibir, con una inclinación de cabeza, los primeros aplausos del público.

Le pedí a Seldom el programa. La pieza que venía a continuación era "Primavera Cheyenne", de Aaron Copland, la tercera de la serie de estaciones, para triángulo y orquesta. Le devolví el programa a Seldom, que le echó a su vez una rápida ojeada.

—Tal vez veamos aquí —me dijo susurrando por lo bajo— los primeros fuegos artificiales.

Seguí su mirada a lo alto, a los techos del palacio, donde se veían, confundidas con las esculturas del friso, las sombras movedizas de los hombres que preparaban las salvas. Se hizo un gran silencio, las luces sobre la orquesta se apagaron y el círculo del reflector iluminó solamente al viejo percusionista, que sostenía como una figura espectral el triángulo en alto. Escuchamos el tintineo hierático y lejano, que hacía recordar el goteo del deshielo en ríos de escarcha. Una luz con tonos naranja, que tal vez quería representar un amanecer, hizo reaparecer al resto de la orquesta. El triángulo se batió en un contrapunto con las flautas hasta que el tintineo desapareció del motivo principal, y el reflector se movió hacia el piano para abrir la segunda melodía. De a poco los demás instrumentos se fueron sumando en lo que parecía el lento desperezarse de flores que se abrían. La batuta del director marcó de pronto a los trombones el ritmo desenfrenado de caballos salvajes galopando en la pradera. Todos los instrumentos se fueron plegando a esta persecución enloquecida hasta que la batuta se elevó de nuevo hacia el pedestal del percusionista. El haz de luz volvió a enfocarlo, como si se esperara que viniera de allí el repique del clímax, pero vimos, bajo esa luz blanca y descarnada, que algo estaba terriblemente mal.

El viejo, que aún tenía el triángulo en la mano,

parecía esforzarse por boquear en el vacío. Soltó el triángulo, que dio una última nota en falso al caer, y bajó tambaleando de su tarima, seguido por el reflector, como si el ojo del iluminador no pudiera sustraerse a la fascinación horrenda de la escena. Lo vimos extender uno de sus brazos hacia el director en una muda imploración de ayuda y luego llevarse las dos manos al cuello, como si tratara de defenderse de una mano invisible que lo estuviera estrangulando sin piedad. Cayó de rodillas y hubo entonces un coro de gritos sofocados, mientras parte de la primera fila se levantaba de sus asientos. Vi que los músicos rodeaban al viejo, y pedían con desesperación un médico. Un hombre se abrió paso desde nuestra fila para llegar a la glorieta. Me puse de pie para dejarlo pasar y no pude contener el impulso irresistible de seguirlo. Petersen ya estaba sobre el escenario y vi que también Sacks había saltado con su arma a la glorieta desde un costado. El músico había quedado tendido boca abajo en una posición grotesca, con una de sus manos todavía en la garganta, la cara de un azul amoratado, como un animal marino que hubiera dejado de boquear. El médico dio vuelta el cuerpo, apoyó dos dedos en el cuello para revisar el pulso, y le cerró los ojos. Petersen, que se había inclinado en cuclillas a su lado, le mostró discretamente la credencial y conversó un momento con él. Después se movió hacia el pedestal abriéndose paso entre los músicos, buscó en el suelo y recogió con un pañuelo el triángulo que había quedado junto a un escalón. Me di vuelta y vi a Seldom de pie entre la gente que se había agolpado a mis espaldas. Noté que Petersen le hacía una seña para reunirse con él en dirección a las filas de asientos que se habían vaciado y retrocedí hasta quedar a su lado, pero no pareció registrar que lo seguía de regreso entre la gente. Estaba en completo silencio, con una expresión impenetrable, y caminó lentamente hacia nuestros asientos. Petersen, que había bajado por un costado del escenario, se acercaba hacia él desde el otro extremo de la fila. Seldom se detuvo de pronto, como si algo en su butaca lo hubiera dejado paralizado. Alguien había recortado dos frases del programa y los pedacitos de papel formaban sobre la silla un pequeño mensaje. Me incliné para leerlos antes de que el inspector pudiera apartarme. El primero decía "El tercero de la serie"*. El segundo era la palabra "triángulo".

* *The third of the series.* Las palabras están recortadas del programa en inglés y no hay por lo tanto, distinción de sexo. *(N. del E.)*

CAPÍTULO 16

Petersen hizo un gesto perentorio a Sacks y el teniente, que se había quedado de pie custodiando el cuerpo caído, se abrió paso hacia nosotros entre la gente exhibiendo su credencial.

—Que nadie se vaya por ahora —ordenó Petersen—: quiero el nombre de todos los que están aquí. —Sacó de su bolsillo un teléfono celular y se lo extendió junto con una pequeña agenda.— Comuníquese con el oficial del estacionamiento para asegurarse de que no salga ningún auto. Pida una docena de agentes para tomar declaración, un patrullero que vigile el lago, y dos más que intercepten las salidas a la ruta por el bosque. Quiero que cuenten a cada persona del público y comparen con la cantidad de entradas vendidas y de asientos ocupados. Hable con los acomodadores para saber cuántas sillas agregaron. Y quiero otra lista que incluya a todo el personal del palacio, a los músicos y a los hombres a cargo de los fuegos artificiales. Una cosa más —dijo, cuando Sacks ya estaba por irse—: ¿Cuál era su tarea esta noche, teniente?

Vi que Sacks palidecía bajo la mirada severa de Petersen, como un estudiante ante una pregunta difícil.

—Vigilar a las personas que pudieran acercarse al profesor Seldom —dijo.

—Entonces quizá pueda decirnos quién dejó este mensaje en su asiento.

Sacks miró por un instante los dos pedacitos de papel y su cara se demudó. Movió la cabeza, apesadumbrado.

—Señor —dijo—, creí que realmente alguien estaba estrangulando a ese hombre, desde mi asiento se veía así, como si alguien lo estuviera ahorcando. Vi que usted había sacado su arma y corrí al escenario para ayudarlo.

—Pero no murió estrangulado, ¿verdad? —dijo Seldom suavemente.

Petersen pareció dudar antes de responderle.

—Aparentemente fue un paro respiratorio espontáneo. El doctor Sanders, el médico que subió al escenario, lo había operado hace unos años de un enfisema pulmonar y le había dado una sobrevida de cinco o seis meses. Apenas se explica cómo podía tenerse todavía en pie, su capacidad respiratoria era muy reducida. Su primera opinión es que se trata de una muerte natural.

—Sí, sí —murmuró Seldom por lo bajo—, una muerte natural... ¿No es asombroso cómo se va perfeccionando? Una muerte natural, por supuesto, el extremo lógico, el ejemplo más acabado de un crimen imperceptible.

Petersen había sacado sus anteojos y se inclinó otra vez sobre los dos papeles.

—Usted tenía razón sobre el símbolo —dijo; alzó los ojos a Seldom, como si no estuviera seguro todavía si debía considerarlo un aliado o una clase indescifrable de adversario. Creí entenderlo: había en el modo de razonar de Seldom un elemento inaccesible al inspector, y Petersen no debía estar acostumbrado a que otro pudiera anticiparse en una investigación.

—Sí, pero ya ve, el símbolo no nos ayudó en nada.

—Hay de todos modos algunas variaciones curiosas en el mensaje: no figura esta vez la hora y los bordes de las dos tiras están dentados, el papel parece haber sido rasgado con cierto descuido, en un apuro, como si hubiera recortado el programa con los dedos…

—O quizá —dijo Seldom—, esa es exactamente la impresión que quiere dejarnos. ¿No fue acaso toda la escena, con el haz de luz y el clímax de la música, como un acto consumado de ilusionismo? En el fondo lo importante no era la muerte del percusionista, el verdadero truco era dejarnos bajo las narices estos dos papelitos.

—Pero el hombre allá arriba en el escenario está muerto, sin trucos —dijo Petersen fríamente.

—Sí —dijo Seldom—, eso es lo extraordinario: la inversión de la rutina, el efecto mayor puesto al servicio del efecto menor. Todavía no entendemos la figura. La podemos dibujar ahora, podemos seguir el trazo, pero no la *vemos*, no la vemos todavía como él.

—Pero si lo que usted pensaba era cierto quizá alcance con demostrarle que conocemos la conti-

153

nuación de la serie para detenerlo. En todo caso creo que ahora debemos intentarlo. Enviarle ya mismo un mensaje.

—Pero si no sabemos quién es —dijo Seldom—, ¿de qué modo podrá hacerle llegar un mensaje?

—Estuve pensando en eso desde que recibí la hojita con su explicación. Creo tener una idea, espero poder consultarla esta misma noche con la psiquiatra y lo llamaría a usted después. Si nos queremos anticipar y evitar la próxima muerte no tenemos tiempo que perder.

Escuchamos la sirena de una ambulancia y vimos que también se había detenido en el estacionamiento la camioneta del *Oxford Times*. La puerta lateral se descorrió y apareció un camarógrafo y luego el periodista larguirucho que me había entrevistado en Cunliffe Close. Petersen recogió con cuidado las dos tiras de papel por las puntas y las guardó en uno de sus bolsillos.

—Por ahora esto es una muerte natural —dijo—, no quiero que ese periodista nos vea juntos —Petersen suspiró y se dio vuelta hacia la multitud que rodeaba el escenario—. Bien —dijo—, tengo que contar a toda esta gente.

—¿Cree de verdad que todavía puede estar aquí? —dijo Seldom.

—Creo que en cualquiera de los dos casos, tanto si la cuenta está completa, como si falta alguien, sabremos algo más de él.

Petersen se alejó unos pasos y se detuvo para conversar un momento con la mujer rubia que había estado sentada a su lado. Vimos que el inspector le hacía una seña hacia nosotros y que la mujer asentía con la cabeza. Un instante después la vimos avanzar decididamente a nuestro encuentro con una sonrisa cordial.

—Me dice mi padre que no dejarán salir taxis ni autos por un tiempo. Yo vuelvo ahora a Oxford, puedo dejarlos donde quieran.

La seguimos hacia el estacionamiento y subimos a un auto con una discreta identificación policial en el parabrisas. Al salir de la explanada nos cruzamos con los patrulleros que había pedido Petersen.

—Era la primera vez que lograba traer a mi padre a un concierto —dijo la mujer mirando hacia atrás—, creí que lo iba a distraer del trabajo. En fin, supongo que ahora ya no vendrá a cenar. Dios mío, ese hombre sujetándose la garganta… todavía no lo puedo creer. Mi padre creyó que lo estaban ahorcando, estuvo a punto de disparar sobre el escenario, pero el círculo de luz que le iluminaba la cara no dejaba ver nada detrás de él. Me preguntó *a mí* si debía disparar.

—¿Y qué se veía desde su asiento? —pregunté yo.

—¡Nada! Fue todo tan rápido… Además, yo estaba distraída mirando a lo alto del palacio, sabía que al final del movimiento se dispararían los primeros fuegos artificiales. Estaba pendiente de eso: siempre me piden que organice la parte de los fuegos. Suponen que porque soy la hija de un policía debo tener una buena relación con la pólvora.

—¿Cuánta gente había en el techo a cargo de los fuegos? —preguntó Seldom.

—Dos personas, no se necesitan más. Quizá hubiera a lo sumo una más de la guardia del palacio.

—Si no me equivoco —dijo Seldom—, la posición del percusionista era un poco diferente a la del resto de la orquesta. Era el último, estaba al fondo de la glorieta, sobre un escalón, algo separado de los demás. Era el único que podía ser atacado por detrás sin que los otros músicos se dieran cuenta. Cualquiera en el público o desde el palacio pudo haber rodeado la glorieta cuando se apagaron las luces.

—Pero mi padre dijo que la muerte se debió a un paro respiratorio. ¿Hay acaso alguna forma de inducir desde afuera algo así?

—No sé, no sé —dijo Seldom, y murmuró en voz baja—, espero que sí.

¿Qué había querido decir Seldom con aquel *espero que sí*? Estuve a punto de preguntarle en ese momento, pero la hija de Petersen se había enfrascado con él en una conversación sobre caballos, que derivó luego sin retorno y algo imprevistamente en una búsqueda de ancestros escoceses comunes. Me quedé dando vueltas por un instante la pequeña frase intrigante, preguntándome si se me habría escapado alguna de las posibles inflexiones en inglés de la expresión *I hope so*. Asumí que había sido simplemente una forma de decir que aquella, la de un ataque, era la única hipótesis razonable, que por el bien de una cordura general era preferible que las cosas hubieran ocurrido así. Que si no hubiera sido provocada de algún modo, que si la muerte realmente había sido natural, no cabía sino pensar en algo impensable: en hombres invisibles, en arqueros zen, en poderes sobrenaturales. Son curiosos los pequeños remiendos, las suturas automáticas de la razón: me convencí de que era sólo eso lo que Seldom había querido decir y no volví a preguntarle sobre esto, ni al bajar del auto ni en todas las veces siguientes que conversamos, y sin embargo, en aquella frase murmurada por lo bajo, me doy cuenta ahora, hubiera podido penetrar, como en un atajo, en la recámara de su pensamiento. Puedo decir quizá en mi defensa que estaba en realidad sobre todo atento a otra cuestión: no quería dejar escapar a Seldom aquella noche sin que me revelara la ley de formación de la serie. El símbolo del triángulo, para mi vergüenza, me había dejado tan a oscuras como al principio, y mientras escuchaba a medias la conversación en el asiento de adelante trataba en vano de darle algún sentido a la sucesión círculo, pez, triángulo, y de imaginar, inútilmente, cuál podía ser el cuarto. Estaba decidido a arrancarle la solución a Seldom apenas bajáramos del auto y vigilaba con alguna preocupación las sonrisas de la hija de Petersen. Aunque se me escapaban algunas de las expresiones coloquiales me daba cuenta de que la conversación había tomado un giro más íntimo y de que en algún momento ella había repetido en un tono seductor de niñita abandonada que debería cenar sola esa noche. Habíamos entrado a Oxford por Banbury Road y la hija de Petersen detuvo el auto frente a la curva de Cunliffe Close.

—Aquí es donde debo dejarte, ¿no es cierto? —me dijo, con una sonrisa encantadora pero inapelable.

Bajé del auto pero antes de que volviera a arrancar golpeé en un súbito impulso la ventanilla del lado de Seldom.

—Tiene que decirme —le dije en castellano, en voz baja pero con un tono apremiante—, aunque sea una pista, dígame algo más de la solución de la serie.

Seldom me miró asombrado, pero mi representación había sido convincente y pareció apiadarse de mí.

—¿Qué somos usted y yo, qué somos los matemáticos? —me dijo, y se sonrió con una extraña melancolía, como si volviera a él un recuerdo que creía perdido—. Somos, como dijo un poeta de su país, los arduos alumnos de Pitágoras.

CAPÍTULO 17

Me quedé de pie al costado de la avenida, mirando cómo se alejaba el auto en la oscuridad. Tenía en mi bolsillo, junto con la llave de mi cuarto, la llave de la puerta lateral del Instituto, y también la tarjeta magnética que me permitía entrar fuera de hora a la biblioteca. Decidí que era demasiado temprano para ir a dormir, y caminé hacia el Instituto bajo las luces amarillas. Las calles estaban desoladas; sólo a la altura de Observatory Street vi algún movimiento detrás del ventanal de un restaurant Tandoori: dos empleados daban vuelta las sillas sobre las mesas, y una mujer envuelta en un *saree* corría las cortinas para cerrar. St. Giles también estaba desierta, pero había luces en algunas oficinas del Instituto y un par de autos en el estacionamiento. Sabía que algunos matemáticos trabajaban sólo de noche, y otros debían volver para vigilar cada tanto la corrida de un programa lento. Subí a la biblioteca; las luces estaban encendidas y cuando entré escuché los pasos amortiguados de alguien que recorría silenciosamente los anaqueles. Fui a la sección de historia de la matemática, y seguí con un dedo los títulos en los lomos. Un libro sobresalía un poco de los demás, como si alguien lo hubiera consultado recientemente y no hubiera sido lo bastante cuidadoso al volverlo a su lugar. Los libros estaban muy apretados entre sí y tuve que usar las dos manos para sacarlo. La ilustración de la tapa era una pirámide de diez puntos envuelta en llamas. El título —*La hermandad de los pitagóricos*— quedaba por muy poco fuera del alcance del fuego. Vistos de cerca, los puntos eran en realidad pequeñas cabezas tonsuradas, como si fueran monjes enfocados desde arriba. Las llamas aludían quizá entonces no a un vago simbolismo sobre las pasiones inflamadas que podía guardar la geometría, sino más concretamente al pavoroso incendio que había acabado con la secta.

Fui hasta uno de los escritorios de la biblioteca y lo abrí bajo la lámpara. No tuve que pasar más de dos o tres páginas. Allí estaba. Allí había estado todo el tiempo, en su simplicidad abrumadora. Las nociones más antiguas y elementales de la matemática, no separadas del todo todavía de sus vestiduras místicas. La representación de los números en la doctrina pitagórica como principios arquetípicos de las potencias divinas. El círculo era el Uno, la unidad en su perfección, la mónada, el principio de todo, encerrado y completo en su propia línea. El Dos era el símbolo de la multiplicidad, de todas las oposiciones y dualidades, de los engendramientos. Se formaba con la intersección de dos círculos y la figura oval, como una almendra, encerrada en el centro, era llamada *Vesica Piscis*, la vejiga del pez. El Tres, la tríada, era la unión entre dos extremos, la posibilidad de dar orden y armonía a las diferencias. Era el espíritu que abraza lo mortal con lo inmortal en un todo. Pero también, el Uno era el punto, el Dos era la recta que unía dos puntos, el Tres era el triángulo y era al mismo tiempo el plano. Uno, dos, tres, aquello era todo, la serie no era más que la sucesión de los números naturales. Di vuelta la página para estudiar el símbolo que representaba al número Cuatro. Era el Tetraktys, la pirámide de diez puntos que había visto en la tapa, el emblema y la figura sagrada de la secta. Los diez puntos eran la suma de uno, más dos, más tres, más cuatro. Representaban a la materia y a los cuatro elementos. Los pitagóricos creían que toda la matemática estaba cifrada en aquel símbolo, que era a la vez el espacio tridimensional y la música de las esferas celestes, que llevaba en germen los números combinatorios del azar y los números de la multiplicación de la vida que redescubriría siglos más tarde Fibonacci. Escuché otra vez los pasos, mucho más cercanos. Alcé los ojos y vi con alguna sorpresa a Podorov, mi compañero ruso de oficina. Había rodeado el último de los anaqueles y al verme en el escritorio se acercó con una sonrisa intrigada. Era curioso lo diferente que se lo veía allí, como si estuviera en su elemento, y pensé que quizá se sintiera el dueño de la biblioteca durante la noche. Cuando llegó a mi escritorio vi que tenía en la mano un cigarrillo que golpeó suavemente sobre el vidrio antes de encenderlo.

—Sí —dijo—, vengo a esta hora para poder fumar en paz.

Me miró con una sonrisa hospitalaria y a la vez algo irónica mientras daba vuelta la tapa del libro para leer el título. Tenía la barba crecida y los ojos duros y brillantes.

—Ah, *La hermandad de los pitagóricos*... ¿tiene seguramente algo que ver con los símbolos que dibujaba en el pizarrón de la oficina? El círculo, el pez... si mal no recuerdo son los primeros números simbólicos de la secta, ¿no es cierto? —pareció hacer un pequeño esfuerzo mental y recitó como si pusiera a prueba con orgullo su memoria—. El tercero es el triángulo, el cuarto es el Tetraktys.

Lo miré, asombrado. Recién entonces me daba cuenta de que aquel hombre que me había visto estudiar en el pizarrón los dos símbolos no había pensado nunca que podría tratarse de otra cosa que de algún curioso problema matemático. Aquel hombre, que evidentemente no sabía nada de los crímenes, a la vez, todo el tiempo, con sólo levantarse de su silla, hubiera podido dibujar para mí la continuación de la serie.

—¿Es un problema que le propuso Arthur Seldom? —me preguntó—. Fue a él a quien escuché hablar por primera vez de estos símbolos, durante una conferencia sobre el último teorema de Fermat. Usted sabe, por supuesto, que el teorema de Fermat no es más que una generalización del problema de las ternas pitagóricas, el secreto mejor guardado de la secta.

—¿Cuándo fue eso? —pregunté—. No ahora seguramente.

—No, no, fue hace muchos años —dijo—. Tantos años que, por lo que pude ver, Seldom ya no se acuerda de mí. Por supuesto, él ya era el gran Seldom y yo apenas un oscuro estudiante de doctorado de la pequeña ciudad rusa donde se organizaba el congreso. Le llevé mis trabajos sobre el teorema de Fermat, era lo único en lo que yo pensaba en aquel tiempo, y le rogué que me pusiera en contacto con el grupo de Teoría de Números de Cambridge, pero aparentemente todos estaban demasiado ocupados para leerlos. En realidad todos no —dijo—: un alumno de Seldom los leyó, corrigió mi inglés defectuoso, y los publicó con su nombre. Recibió la medalla Fields por la contribución más importante de la década a la resolución del problema. Ahora Wiles está por dar el último paso gracias a esos resultados. Cuando le escribí a Seldom sólo me respondió que mi trabajo tenía un error y que su alumno lo había corregido —rió secamente y sopló con fuerza una bocanada de humo hacia arriba—. El único error —dijo— es que yo no era inglés.

Hubiera querido tener en ese momento el poder para hacer callar abruptamente a ese hombre. Sentí de nuevo, como durante aquel paseo en el Parque Universitario, que estaba a punto de *ver* y que quizá, si lograba quedarme a solas, aquella pieza elusiva que ya se me había escapado una vez volvería para colocarse en su lugar. Murmuré una excusa vaga y me puse de pie mientras llenaba rápidamente una de las fichas para llevarme el libro. Quería estar afuera, lejos, en la noche, separado de todo. Bajé rápidamente la escalera y cuando estaba por salir a la calle casi choqué con una figura de negro que venía del estacionamiento. Era Seldom, que se había puesto un impermeable sobre el smoking. Recién en ese momento me di cuenta de que afuera llovía.

—Si sale ahora se le va a mojar su libro —dijo, y extendió la mano para ver la tapa—. De modo que lo encontró. Y veo por su cara que encontró algo más ¿no es cierto? Por eso yo quería que tratara de descubrirlo solo.

—Encontré a mi compañero de oficina, Podorov; me dijo que se habían conocido hace muchos años.

—Víctor Podorov, sí… me pregunto qué le habrá contado. No me acordé de él hasta que el inspector Petersen me dio la lista completa de matemáticos en el Instituto. No lo hubiera reconocido de todos modos: yo recordaba a un muchachito de barba puntiaguda, algo trastornado, que creía tener una prueba del teorema de Fermat. Sólo mucho después recordé que yo había hablado en ese congreso de los números pitagóricos. Igualmente no quise decirle nada de esto al inspector Petersen, siempre me sentí algo culpable con él, supe que intentó suicidarse cuando le dieron la medalla Fields a uno de mis alumnos.

—De todas maneras —dije yo— no hubiera podido ser él, ¿no es cierto? Él estaba aquí, en la biblioteca, esta noche.

—No, nunca creí verdaderamente que pudiera ser él, pero sabía que era quizás el único que podría reconocer de inmediato la continuación de la serie.

—Sí —dije—, se acordaba perfectamente de su conferencia.

Estábamos de pie bajo el alero semicircular de la entrada y la lluvia, que el viento arrastraba en ráfagas, empezaba a salpicarnos.

—Caminemos por debajo de aquella cornisa hasta el *pub* —dijo Seldom.

Lo seguí, protegiendo el libro bajo la lluvia. Aquel parecía ser el único lugar abierto en todo Oxford y la barra estaba llena de gente que se hablaba con risas estentóreas, con esa alegría exaltada y algo artificial que los ingleses sólo parecían conseguir después de muchas cervezas. Nos sentamos en una mesita sobre la que habían quedado algunas aureolas húmedas marcadas sobre la madera.

—Lo siento —dijo la camarera desde lejos, como si ya no pudiera hacer nada por nosotros—, se perdieron el último llamado.

—No creo que podamos quedarnos tampoco demasiado tiempo aquí —dijo Seldom—, pero me interesaba saber qué piensa ahora que conoce la serie.

—Es mucho más simple de lo que cualquier matemático hubiera imaginado ¿no es cierto? Quizá ése sea el rasgo de ingenio, pero no deja de ser algo decepcionante. Al fin y al cabo no es más que uno, dos, tres, cuatro, como la serie de simetrías que me mostró el primer día. Pero quizá no sea, como habíamos imaginado, una clase de acertijo, sino simplemente su manera de ir contando las muertes: la primera, la segunda, la tercera.

—Sí —dijo Seldom—, ése sería el peor caso, porque podría seguir matando indefinidamente. Pero yo todavía tengo esperanzas de que los símbolos son el desafío y que se detendrá si le mostramos que sabemos... Petersen acaba de llamarme desde su oficina. Tiene sobre esto una idea que quizá valga la pena intentar y que aparentemente también la psiquiatra aprueba. Va a cambiar totalmente su estrategia respecto de los diarios: mañana publicarán en la primera plana del *Oxford Times* la noticia de la tercera muerte, con el dibujo del triángulo y una entrevista en la que dará a conocer también los dos primeros símbolos. Le van a preparar cuidadosamente las preguntas, para que se muestre absolutamente desconcertado por el enigma y sobrepasado por la inteligencia del criminal. Esto le dará a nuestro hombre, según la psiquiatra, la sensación de triunfo que necesita. En la edición del jueves, en la misma sección donde publicaron el capítulo de mi libro sobre los crímenes en serie, aparecerá esa pequeña nota sobre el Tetraktys que escribí para Petersen, con mi firma debajo. Esto debería bastar para demostrarle que al menos *yo sé* y que puedo anticipar el símbolo de la próxima muerte. De este modo, todo quedaría en el plano de ese duelo casi personal que él había elegido en un principio.

—Pero suponiendo que esto funcione —dije algo asombrado—, suponiendo que ya con bastante suerte lea esa nota suya en el suplemento del jueves, y que con muchísima más suerte esto logre detenerlo: ¿cómo haría Petersen para finalmente atraparlo?

—Petersen cree que es sólo una cuestión de tiempo. Supongo que confía en que de la lista del concierto salga finalmente un nombre. En todo caso parece decidido a intentar cualquier cosa que pueda evitar una cuarta muerte.

—Lo interesante es que de algún modo ahora tenemos todo para imaginar el próximo paso. Quiero decir, tenemos los tres símbolos, como en las series de Frank, deberíamos ser capaces de poder inferir algo sobre esa cuarta muerte. Vincular el Tetraktys... ¿con qué? Todavía de esto no sabemos nada, cómo están relacionadas las muertes con los símbolos. Pero estuve pensando en lo que dijo ese médico, Sanders, y creo que tenemos por fin un elemento recurrente: en los tres casos, las víctimas estaban viviendo de algún modo una sobrevida, más allá de lo esperado.

—Sí, es verdad —dijo Seldom—, no había reparado en eso... —su mirada pareció perderse por un momento, como si estuviera súbitamente fatigado o lo hubieran abrumado de pronto las ramificaciones continuas del caso—. Perdón —dijo, no muy seguro de cuánto había durado este lapso—, tengo un mal presentimiento. Había creído que era una buena idea publicar la serie. Pero quizá son demasiados días desde mañana hasta el jueves.

CAPÍTULO 18

Guardo todavía conmigo un ejemplar del *Oxford Times* de aquel lunes, con la cuidadosa puesta en escena para un único lector fantasmal. Al mirar la foto ahora algo desvaída del músico caído, al recorrer los símbolos dibujados en tinta china y releer las preguntas preparadas para Petersen, puedo volver a sentir, como si me tocaran unos fríos dedos a la distancia, el estremecimiento que había percibido en la voz de Seldom cuando murmuró en el *pub* que quizá faltaran demasiados días para el jueves. Puedo entender sobre todo, al verlas aferradas todavía al papel, el horror que le provocaba la imprevisible vida propia de las conjeturas en el mundo real. Pero aquella mañana resplandeciente yo estaba limpio de premoniciones y leía con entusiasmo, en el que también había algo de orgullo y probablemente también alguna estúpida vanidad, aquella historia de la que sabía casi todo por anticipado.

Lorna me había llamado muy temprano con un tono de sobreexcitación. Acababa de ver, ella también, la nota en el diario y quería almorzar "*sí o sí*" conmigo para que le contara absolutamente *todo*. No podía perdonarse, ni perdonarme, haberse quedado en su casa la noche anterior mientras yo estaba *allí* en el concierto. Me odiaba por esto pero se escaparía al mediodía del hospital para encontrarme en el café francés de Little Clarendon St., de modo que ni pensara en hacer planes con Emily para el almuerzo. Nos encontramos en el Café de París y reímos y charlamos de las muertes y comimos crêpes de jamón con esa alegría algo irresponsable, invulnerable a todo, de los enamorados. Le conté a Lorna lo que nos había dejado saber Petersen: que el percusionista había tenido una operación muy grave de pulmón y que su médico estaba sorprendido de que no hubiera muerto antes.

—Igual que en el caso de Clark y de Mrs. Eagleton —dije, y esperé su reacción a mi pequeña teoría. Lorna se quedó pensativa por un momento.

—Pero no es exactamente así en el caso de Mrs. Eagleton —dijo—. Yo la encontré en el hospital dos o tres días antes de su muerte y estaba radiante porque los análisis habían dado una remisión parcial de su cáncer. Justamente, el médico le había dicho que podía vivir muchos años más.

—Bueno —dije, como si aquello fuera un obstáculo menor—, pero ésa fue seguramente una conversación privada entre ella y su médico, el asesino no tenía modo de saber sobre esto.

—¿Elige personas que viven más de lo debido? ¿Eso es lo que estás tratando de decir?

Su cara se ensombreció por un instante y me indicó la pantalla del televisor en la barra, que ella tenía casi de frente. Giré en mi silla y vi la cara sonriente de una nenita con rulos, con un número de teléfono debajo y el ruego a toda Inglaterra para que llamaran.

—¿Es la nenita que vi en el hospital? —le pregunté. Asintió con la cabeza.

—Está ahora primera en la lista nacional de trasplantes, le quedan a lo sumo cuarenta y ocho horas.

—¿Cómo está el padre? —pregunté; todavía recordaba vívidamente sus ojos trastornados.

—No lo vi en los últimos días, creo que tuvo que volver al trabajo.

Extendió su mano sobre la mesa para entrelazar la mía, como si quisiera apartar rápidamente aquella nube imprevista, y llamó con un gesto a la camarera para pedir otro café. Le expliqué con un dibujo sobre una servilleta la posición en la que estaba el percusionista en la glorieta y le pregunté si se le ocurría alguna forma en que se pudiera provocar un paro respiratorio.

Lorna pensó durante un momento, mientras revolvía el café.

—Se me ocurre una sola que no dejaría rastros: alguien con la fuerza suficiente que hubiera trepado por atrás y le oprimiera con las manos al mismo tiempo la boca y la nariz. Se llama la muerte de Burke, por William Burke; quizá viste su estatua en *Madame Tussaud's*. Era un escocés que tenía una posada y mató así a dieciséis viajeros, para vender los cadáveres a los diseccionistas de la época. En una persona con la capacidad pulmonar muy reducida bastarían unos pocos segundos para ahogarla. Yo diría que el asesino lo estaba asfixiando de este modo, sin saber que el haz de luz volvería sobre él. Cuando el foco iluminó al percusionista, lo soltó inmediatamente, pero el paro respiratorio y también probablemente cardíaco ya estaba en marcha. Lo que ustedes vieron después, las manos en la garganta, como si un fantasma lo estuviera ahorcando, es la reacción refleja típica de alguien que no consigue respirar.

—Otra cosa —dije—. ¿Volviste a hablar con tu amigo forense sobre la autopsia de Clark? El inspector Petersen cree tener una explicación distinta.

—No —dijo Lorna—, pero me invitó varias veces a cenar. ¿Te parece que debería aceptar y tratar de averiguarlo?

Reí.

—No, no —dije—: puedo vivir con ese misterio.

Lorna miró con preocupación su reloj.

—Tengo que volver al hospital —dijo—, pero todavía no me contaste sobre la serie. Espero que no sea muy difícil: ya no me acuerdo nada de matemática.

—No, lo sorprendente es justamente lo simple que era la solución. La serie no es más que uno, dos, tres, cuatro… en la notación simbólica que usaban los pitagóricos.

—¿La hermandad de los pitagóricos? —preguntó Lorna, como si aquello le trajera un vago recuerdo.

Asentí.

—Los estudiamos al pasar en una materia de la

carrera: Historia de la Medicina. Creían en la trasmigración de las almas, ¿no es cierto? Hasta donde me acuerdo tenían una teoría muy cruel sobre los deficientes mentales, que después llevaron a la práctica los espartanos y los médicos de Crotona... La inteligencia era el valor supremo y creían que los retardados eran la reencarnación de las personas que habían cometido en sus vidas anteriores las faltas más graves. Esperaban a que cumplieran catorce años, la edad crítica de mortandad en el síndrome Down, y a los que sobrevivían los usaban como conejillos de Indias para sus experimentos médicos. Fueron los primeros que intentaron trasplantes de órganos... el propio Pitágoras tenía un muslo de oro. Fueron también los primeros vegetarianos, pero tenían prohibido comer habas —dijo con una sonrisa—. Y ahora, de verdad, me tengo que ir.

Nos despedimos en la puerta del café; yo tenía que volver al Instituto para redactar el primer informe de mi beca y pasé las dos horas siguientes revisando *papers* y transcribiendo referencias. A las cuatro menos cuarto bajé, como todas las tardes, al *common room* donde se reunían los matemáticos a tomar café. La sala estaba más llena de lo habitual, como si nadie se hubiera quedado en su oficina ese día, y percibí de inmediato los murmullos de excitación. Al verlos así todos juntos, tímidos, desarreglados, corteses, volvió a mí la frase de Seldom. Sí, aquí estaban, dos mil quinientos años después, con las monedas en la mano, esperando en orden por su taza, los arduos alumnos de Pitágoras. Había un diario abierto sobre una de las mesitas y pensé que estarían todos comentando o preguntándose sobre la serie de símbolos. Pero me equivocaba. Emily se unió a mí en la cola del café y me dijo con los ojos brillantes, como si me hiciera parte de un secreto todavía de pocos:

—Parece que lo logró —me dijo, como si todavía le resultara difícil a ella misma creerlo, y al ver mi cara de desconcierto dijo—: ¡Andrew Wiles! Pidió dos horas adicionales para mañana en la conferencia de Teoría de Números en Cambridge. Está demostrando la conjetura de Shimura-Taniyama… si llega hasta el final quedará probado el último teorema de Fermat. Hay todo un grupo de matemáticos que piensa hacer el viaje a Cambridge para estar allí mañana. Puede ser el día más importante de la historia de la matemática.

Vi que Podorov había entrado con su aire hosco de siempre y, al ver la cola, había decidido sentarse a leer el diario en el sillón. Me dirigí hacia él haciendo equilibrio con mi taza demasiado llena y mi *muffin*. Podorov levantó los ojos del diario y paseó la mirada en torno con una mueca de desprecio.

—¿Y? ¿Se anotó para ir a la excursión mañana? Puedo prestarle mi cámara de fotos —dijo—. Todos quieren tener la fotito del último pizarrón de Wiles con el q.e.d.*

---

* Sigla que se usa en matemática para concluir una demostración (*Quod erat demonstrandum*, "Que es lo que quería demostrarse").

—Todavía no estoy seguro si iré —dije.

—¿Por qué no? Hay un ómnibus gratis y Cambridge es también muy hermoso, a la manera británica. ¿Ya estuvo allí?

Dio vuelta la página distraídamente y sus ojos tropezaron con la gran nota sobre los crímenes y la serie de símbolos. Leyó las dos o tres primeras líneas y volvió a mirarme con una expresión en la que había algo de alarma y recelo.

—Usted sabía de todo esto ayer, ¿no es cierto? ¿Desde cuándo están ocurriendo estas muertes?

Le dije que la primera había ocurrido casi un mes atrás, pero que recién ahora la policía había decidido revelar los símbolos.

—¿Y cuál es el papel de Seldom en todo esto?

—Los mensajes después de cada muerte le están llegando a él. El segundo mensaje, con el símbolo del pez, apareció aquí mismo, pegado en la puerta giratoria de la entrada.

—Ah, sí, ahora recuerdo un pequeño alboroto esa mañana. Vi a la policía, pero creí que alguien había roto un vidrio.

Volvió al periódico y terminó rápidamente de leer la nota.

—Pero aquí no aparece en ningún lado el nombre de Seldom.

—La policía no quiso divulgar esto, pero los tres mensajes estaban dirigidos a él.

Volvió a mirarme y su expresión había cambiado, como si algo lo divirtiera secretamente.

—De modo que alguien está jugando al gato y al

ratón con el gran Seldom. Quizá haya entonces después de todo una justicia divina. Un Dios matemático, por supuesto —dijo, de una manera enigmática—. ¿Cómo imagina usted la cuarta muerte? —me dijo—. Una muerte que convenga a la antigua solemnidad del Tetraktys... —miró en derredor como buscando inspiración—. Me parece recordar que a Seldom le gustaba el bowling, por lo menos en una época —dijo—: un juego que no era muy conocido en Rusia. Recuerdo que en su charla comparó los puntos del Tetraktys con la disposición de los bolos al comienzo del juego. Y hay una jugada en la que se derriban todos los bolos de una vez.

—Strike —dije.

—Sí, exactamente, ¿no es una palabra magnífica? —y repitió con su fuerte acento ruso y con una sonrisa extraña, como si pudiera imaginar una bola implacable y cabezas que rodaban— ¡*Strike*!

CAPÍTULO 19

A las cinco había logrado terminar un primer borrador de mi informe y antes de salir del instituto pasé por la sala de computadoras y volví a revisar mi cuenta de e-mail. Tenía un mensaje breve de Seldom en el que me pedía que lo encontrara a la salida de su seminario en Merton College, si estaba libre a esa hora. Me apuré para llegar a tiempo y cuando subí la escalerita que llevaba a las pequeñas aulas pude ver por la puerta vidriada que se había quedado unos minutos después de hora discutiendo con dos de sus alumnos un problema en el pizarrón.

Cuando los alumnos salieron me hizo un gesto para que entrara y mientras guardaba sus apuntes en una carpeta me señaló la figura de una circunferencia que había quedado dibujada en el pizarrón.

—Estábamos recordando la metáfora geométrica de Nicolás de Cusa, la verdad como una circunferencia y los intentos humanos por alcanzarla como una sucesión de polígonos inscriptos, con más lados cada vez, aproximándose en el límite a la forma circular. Es una metáfora todavía optimista, porque las sucesivas aproximaciones permiten intuir la figura final. Hay sin embargo otra posibilidad, que

177

mis alumnos todavía no conocen, mucho más desanimante. —Dibujó rápidamente junto al círculo una figura irregular con una multitud de picos y hendiduras.— Suponga por un momento que la verdad tuviera la forma, digamos, de una isla como Gran Bretaña, con la costa muy escarpada, con una infinidad incesante de salientes y entradas. Cuando usted intenta repetir aquí el juego de aproximar la figura con polígonos se encuentra con la paradoja de Mandelbrot. El borde es siempre elusivo, se fragmenta a cada nuevo intento en más salientes y entradas y la serie de polígonos no converge a ningún límite. La verdad también podría ser irreductible a la serie de aproximaciones humanas. ¿A qué le hace acordar esto?

—¿Al teorema de Gödel? Los polígonos serían sistemas con más y más axiomas, pero una parte de la verdad queda siempre fuera del alcance.

—Sí, quizá, en cierto sentido, pero también a nuestro caso, a la conclusión de Wittgenstein y Frankie: los términos conocidos de una serie, cualquier cantidad de términos, podrían ser siempre insuficientes… —volvió a señalar el pizarrón—. ¿Cómo saber *a priori* con cuál de estas dos figuras estamos tratando? Sabe —me dijo de pronto—, mi padre tenía una gran biblioteca, con un anaquel en el centro donde guardaba libros que yo no podía ver, un anaquel con una puerta que cerraba con llave. Cada vez que abría esa puerta yo sólo alcanzaba a distinguir una lámina que había pegado por dentro: la silueta de un hombre con una mano tocando el suelo y el otro brazo extendido hacia lo alto. Al pie de la lámina había una frase en un idioma desconocido, que con el tiempo supe que era alemán. Descubrí también con el tiempo un libro que me pareció milagroso: un diccionario bilingüe que usaba para dar sus clases. Descifré las palabras una por una. La frase era simple y misteriosa: *El hombre no es más que la serie de sus actos.* Yo tenía una fe de niño, absoluta, en las palabras y empecé a ver a las personas como figuras provisorias, incompletas; figuras en borrador, siempre inasibles. Si el hombre no es más que la serie de sus actos, me daba cuenta, nunca estará definido antes de su muerte: uno solo, el último de sus actos, podía aniquilar su existencia anterior, contradecir toda su vida. Y a la vez, sobre todo, era justamente la serie de mis actos lo que yo más temía. El hombre no era más que lo que yo más temía.

Me mostró sus manos cubiertas de tiza. Tenía también una cómica raya blanca en la frente, como si se hubiera manchado al tocarse inadvertidamente.

—Voy a lavarme las manos y en un minuto estoy con usted —me dijo—. Si baja por aquí encontrará la cafetería; ¿pediría un café doble para mí? Sin azúcar, por favor.

Ordené los dos cafés en la barra y Seldom reapareció a tiempo para llevar su taza hasta una mesa algo apartada que daba a uno de los jardines. Por la puerta abierta de la cafetería se podía ver el paso incesante de turistas que atravesaban el pasillo de entrada hacia las galerías internas del College.

—Estuve conversando con el inspector Petersen esta mañana —dijo Seldom—, y me planteó un pequeño dilema que tuvieron con las cuentas ayer a la noche. Tenían por un lado la cifra exacta de personas que habían entrado a los jardines de Blenheim Palace por el corte de tickets en la entrada, y tenían por otro lado el número de sillas que se habían ocupado. La persona a cargo de las sillas es particularmente meticulosa y asegura que agregó sólo las estrictamente necesarias. Y bien, aquí viene lo curioso: al hacer las cuentas resultó que había más personas que sillas. Tres personas aparentemente no usaron sus sillas.

Seldom me miró, como si esperara a que yo diera de inmediato con la explicación. Pensé durante un instante, algo incómodo.

—Y se supone que en Inglaterra la gente no se cuela en los conciertos —dije.

Seldom rió francamente.

—No, no por lo menos en los conciertos de beneficencia... Oh, no piense más, es realmente muy tonto, Petersen sólo quería divertirse conmigo, hoy estaba por primera vez de buen humor. Las tres personas que sobraban eran discapacitados, en sillas de ruedas. Petersen estaba encantado con sus cuentas. En la lista que hicieron sus ayudantes no sobraba ni faltaba nadie. Por primera vez cree tener acotado el problema: en vez de las quinientas mil personas de Oxfordshire, sólo tiene que ocuparse de las ochocientas que fueron al concierto. Y Petersen cree que puede reducir rápidamente ese número.

—Las tres en sillas de ruedas —dije.

Seldom me concedió aquello con una sonrisa.

—Sí, en principio las tres en sillas de ruedas y un grupo de chicos Down de una escuela diferencial, y varias mujeres muy ancianas que podrían haber sido más bien otras posibles víctimas.

—¿Usted cree que lo decisivo en la elección es la edad?

—Es verdad que usted tiene otra idea... personas que estén viviendo de algún modo una sobre vida, más allá de lo esperable. Sí, en ese caso, la edad no sería excluyente.

—¿Le dijo Petersen algo más sobre la muerte de anoche? ¿Tenía los resultados de la autopsia?

—Sí. Quería descartar la posibilidad de que el músico hubiera ingerido algo antes del concierto que pudiera provocarle el paro respiratorio. Y en efecto, no se encontró nada en ese sentido. Tampoco había ningún signo de violencia ni marcas alrededor del cuello. Petersen se inclina a creer que fue atacado por alguien que conocía bien el repertorio: eligió el fragmento más largo en que desaparecía la percusión. Eso le aseguraba también que el músico quedara fuera del haz de luz. También descarta que haya podido ser otro músico de la orquesta. La única posibilidad de acuerdo a la ubicación al fondo de la glorieta y la ausencia de marcas en el cuello es que alguien haya trepado por detrás...

—Y le tapara al mismo tiempo la nariz y la boca.

Seldom me miró, algo sorprendido.

—Es lo que me dijo Lorna.

Movió la cabeza en asentimiento.

—Sí, debí suponerlo: Lorna sabe todo de crímenes, ¿no es cierto? El forense dice que el shock producido por la sorpresa pudo provocar instantáneamente el paro respiratorio, antes de que el músico intentara resistirse. Alguien que trepa por detrás y lo ataca en la oscuridad... Parece la única posibilidad razonable. Pero no fue lo que vimos.

—¿Usted se inclina acaso por la hipótesis del fantasma? —dije.

Para mi sorpresa, Seldom pareció considerar seriamente mi pregunta y afirmó lentamente, con una leve oscilación del mentón.

—Sí —dijo—, entre las dos prefiero por ahora la hipótesis del fantasma.

Tomó un sorbo de su taza y volvió a mirarme después de un instante.

—El afán de buscar explicaciones... no debería dejar que interfiera con sus recuerdos. Justamente le pedí que viniera porque quiero que le dé una mirada a esto.

Abrió su carpeta de clases y sacó del interior un sobre de madera.

—Petersen me mostró estas fotos cuando estuve hoy en su oficina, le pedí que me las dejara para mirarlas con más cuidado hasta mañana. Quería sobre todo que usted las viera: son las fotos del crimen de Mrs. Eagleton, la primera muerte, el principio de todo. Finalmente el inspector volvió ahora a la pregunta del origen: cómo se vincula con Mrs. Eagleton el círculo del primer mensaje. Ya sabe, yo creo que usted vio algo más allí, algo que todavía no registró como importante, pero que está guardado en algún pliegue de su memoria. Pensé que quizá las fotos lo ayuden a recordar. Está todo otra vez aquí —dijo y me extendió el sobre—: la salita, el reloj cucú, la *chaise longue*, el tablero de scrabble. Sabemos que en el primer crimen *se equivocó*. Eso debiera decirnos algo más... —Su mirada adquirió ese aire algo ausente. Paseó los ojos en torno de las mesas y hacia afuera en el pasillo. De pronto su expresión se endureció como si algo que hubiera visto lo alarmara.

—Acaban de dejar algo en mi casillero —dijo—; es raro porque el cartero ya pasó esta mañana. Espero que el teniente Sacks todavía esté por algún lado. Aguárdeme un instante que voy a fijarme.

Giré en mi silla y vi que efectivamente desde el ángulo donde Seldom estaba sentado podía verse la última columna de un gran casillero de madera oscura empotrado en la pared. Allí había sido entonces donde había recibido también el primer mensaje. Me llamó la atención que toda la correspondencia del College quedara expuesta tan abiertamente en ese pasillo, pero al fin y al cabo, también en el Instituto de Matemática los casilleros estaban sin vigilancia. Cuando Seldom volvió revisaba un libro adentro del sobre y tenía una gran sonrisa, como si hubiera recibido una alegría inesperada.

—¿Recuerda el mago del que le hablé, René Lavand? Estará hoy y mañana en Oxford. Tengo aquí entradas para cualquiera de los dos días. Aunque debería ser esta noche porque mañana iré a Cambridge. ¿Piensa unirse a la excursión de matemáticos?

—No —dije—, no creo que vaya: mañana es el día libre de Lorna.

Seldom alzó levemente las cejas.

—La solución del problema más importante de la historia de la matemática contra una chica hermosa… todavía gana la chica, supongo.

—Pero sí quisiera ver esta noche la función del mago.

—Claro, claro que sí —me dijo Seldom con una vehemencia extraña—, es absolutamente necesario que lo vea. La función es a las nueve. Y ahora —me dijo, como si me estuviera entregando una tarea escolar—, hasta esa hora vuelva a su casa y trate de concentrarse en las fotos.

CAPÍTULO 20

Cuando llegué a mi cuarto preparé una jarra de café, tendí la cama y sobre el cobertor estirado puse una a una las fotos que había en el sobre. Recordé al mirarlas lo que había escuchado decir una vez como un tranquilo axioma a un pintor figurativo: hay siempre menos realidad en una foto de la que puede capturar una pintura. Algo en todo caso parecía haberse perdido definitivamente en ese cuadro dislocado de imágenes nítidas e irreprochables que había formado sobre la cama. Traté de darles un orden distinto, cambiando algunas de lugar. *Algo que yo había visto.* Intenté otra vez, disponiendo las fotografías de acuerdo a lo que recordaba haber visto cuando entramos en la sala. Algo que yo había visto y Seldom no. ¿Por qué solamente yo, por qué él no hubiera podido verlo también? *Porque usted es el único que estaba desprevenido*, me había dicho Seldom. Sí, quizá era como esas imágenes tridimensionales, generadas por computadoras, que se habían puesto de moda en las plazas de Londres: totalmente invisibles para un ojo atento y que sólo aparecían de a poco, huidizamente, al dejar de prestarles atención. Lo primero que había visto era a Seldom, caminando rápidamente hacia mí por el sendero de grava. No había ninguna imagen de Seldom allí, pero recordaba nítidamente la conversación junto a la puerta, y el momento en que me había preguntado por Mrs. Eagleton. Yo le había señalado la silla a motor en la galería. Esa silla él también la había visto. Habíamos entrado juntos en la sala; recordaba su mano al girar el picaporte y la puerta que se había abierto silenciosamente. Después... todo era más confuso. Recordaba el sonido del péndulo, pero no estaba seguro si había mirado el reloj. De todos modos, aquella debería ser la primera foto de la secuencia: la que mostraba desde adentro la puerta, el perchero de la entrada y el reloj a un costado. Esa imagen, pensé, era también la última que habría visto el asesino al salir. La volví a su lugar y me pregunté cuál debía ser la próxima. ¿Había visto algo más antes de que encontráramos a Mrs. Eagleton? Yo la había buscado, instintivamente, en el mismo sillón floreado donde me había saludado la primera vez. Volví a alzar la foto que mostraba los dos silloncitos sobre la alfombra de rombos. Detrás del respaldo de uno de ellos asomaba el brillo de cromo de las empuñaduras de su silla. ¿Había reparado en la silla detrás del respaldo? No, no podía asegurarlo. Era desesperante, de pronto todo se me escapaba, el único foco en la memoria era el cuerpo de Mrs. Eagleton tendido en la *chaise longue* y sus ojos abiertos, como si aquella imagen irradiara una luz demasiado intensa que marginaba a la sombra todo lo demás. Pero sí había visto, mientras nos acercábamos, el tablero de scrabble y los dos pequeños atriles con letras de su lado. Una de las fotos había congelado sobre la mesita la posición del tablero. Estaba tomada de muy cerca y con algún esfuerzo podían distinguirse todas las palabras. Ya habíamos discutido una vez con Seldom sobre las palabras del tablero. Ninguno de los dos creía que pudieran revelar nada interesante, ni que pudieran ligarse de algún modo con el símbolo. El inspector Petersen tampoco les había dado ninguna importancia. Coincidíamos en que el símbolo había sido elegido con anterioridad al crimen y no por una inspiración del momento. Miré de todos modos con curiosidad las fotos de los dos atriles. Estaba seguro de que esto *no* lo había visto. En uno de ellos había sólo una letra, la **A**. En el otro había dos: la **R** y la **O**, esto significaba sin duda que Mrs. Eagleton había jugado hasta el final, hasta agotar todas las letras de la bolsa, antes de dormirse. Me entretuve un rato tratando de pensar palabras en inglés que pudieran formarse todavía sobre el tablero con esas últimas letras. No parecía haber ninguna y en todo caso, pensé, Mrs. Eagleton seguramente la hubiera descubierto. ¿Por qué no había visto los atriles antes? Traté de recordar la posición en que estaban sobre la mesa. En una de las esquinas, donde Seldom se había quedado de pie sosteniendo la almohada. Quizá, pensé, lo que debía buscar era justamente lo que yo *no* había visto. Volví a repasar las fotografías, para detectar otros detalles que se me hubieran pasado por alto, hasta llegar a la última, la cara todavía aterradora de Mrs. Eagleton sin vida. No parecía haber nada más allí que no hubiera visto. De modo que eran aquellas tres cosas: las letras en los atriles, el reloj en la entrada, la silla de ruedas. La silla de ruedas... ¿No sería aquella la explicación del símbolo? El triángulo para el músico, la pecera para Clark, y para Mrs. Eagleton... el círculo: la rueda de su silla. *O la letra O de la palabra omertá*, había dicho Seldom. Sí, el círculo podía ser todavía casi cualquier cosa. Pero era interesante que hubiera justamente una letra **O** en uno de los atriles. ¿O no era interesante en absoluto, sólo una estúpida coincidencia? Quizá Seldom sí hubiera visto la letra **O** en el atril, y por eso se le había ocurrido esa palabra, *omertá*. Seldom había dicho después algo más, el día que entramos al Covered Market... que confiaba en la mirada mía sobre todo *porque yo no era inglés*. ¿Pero qué podía significar una manera no inglesa de mirar?

Me sobresaltó de pronto el ruido de un sobre atrancado que alguien no conseguía pasar debajo de la puerta. Abrí y vi a Beth, que se erguía rápidamente, con las mejillas coloreadas. Tenía varios otros sobres en la mano.

—Pensé que no estabas —dijo—, si no hubiera golpeado.

La hice pasar y levanté el sobre del suelo. Adentro había una tarjeta con uno de los dibujos de Alicia y Humpty Dumpty y una inscripción imitando un bando real que anunciaba: *Invitación a un no casamiento.*

La miré, con una sonrisa intrigada.

—Es que no podemos casarnos todavía —dijo

Beth—. Y el juicio de divorcio puede ser muy largo… pero queremos hacer de todos modos una fiesta. —Vio por detrás de mi espalda las fotografías sembradas sobre la cama.— ¿Fotos de tu familia?

—No, no tengo familia en un sentido clásico. Son las fotos que tomó la policía el día que mataron a Mrs. Eagleton.

Pensé que Beth era indudablemente inglesa y que su mirada podía ser tan representativa como cualquier otra. Más aún, Beth había sido la última en ver a Mrs. Eagleton con vida y tal vez pudiera detectar cualquier cambio en la pequeña escena. Le hice una seña para que se acercara y vi que vacilaba con una expresión de horror. Finalmente dio dos pasos al borde de la cama y las recorrió rápidamente, como si temiera detenerse en cualquiera de ellas.

—¿Por qué te las dieron después de tanto tiempo? ¿Qué creen todavía que pueden averiguar de aquí?

—Quieren encontrar la conexión del primer símbolo con Mrs. Eagleton. Quizá al mirarlas ahora puedas darte cuenta de algo más, algo que falte o esté en una posición distinta…

—Pero es lo que ya le dije al inspector Petersen: no puedo acordarme de cómo estaba exactamente cada cosa en el momento en que me fui. Cuando bajé la escalera vi que se había quedado dormida y salí lo más silenciosamente que pude, sin ni siquiera mirar otra vez hacia allí. Ya pasé una vez por esto: esa tarde, cuando tío Arthur me fue a avisar al teatro, ellos me estaban esperando aquí arriba en la sala, con el cadáver todavía allí —levantó, como si se propusiera vencer un antiguo terror, la foto en la que se veía el cuerpo de Mrs. Eagleton estirado en la *chaise longue*—. Lo único que pude decirles —dijo, tocando con un dedo la fotografía— es que faltaba la manta de los pies. Nunca, ni aún en los días más calurosos, se recostaba sin ponerse la manta sobre los pies. No quería que nadie pudiera ver sus cicatrices. La buscamos ese día por toda la casa pero la manta no apareció.

—Es verdad —dije yo, asombrado de que se nos hubiera pasado aquello por alto—. Nunca la vi sin esa manta. ¿Por qué querría el asesino que quedaran expuestas las cicatrices? O tal vez, se llevó la manta como un *souvenir* y también tenga guardados recuerdos de los otros dos crímenes.

—No sé, no quisiera tener que volver a pensar en nada de esto —dijo Beth dirigiéndose a la puerta—. Ya fue una pesadilla para mí... quisiera que ya hubiese terminado todo. Cuando vimos morir a Benito en el medio del concierto y apareció Petersen en el escenario, creí que moriría yo también allí mismo. Lo único en lo que podía pensar es que querría, de algún modo, volver a culparme a mí.

—No: descartó de inmediato que pudiera ser alguien de la orquesta, tuvo que ser alguien que trepó para atacarlo por detrás.

—Como sea —dijo Beth moviendo la cabeza—, sólo espero que lo atrapen pronto y todo termine. —Puso una mano en el picaporte, y se dio vuelta para decirme:— Por supuesto, tu novia puede venir a la fiesta también. Es la chica con la que jugabas al tenis ¿no es cierto?

Cuando Beth se fue volví a guardar lentamente las fotos en el sobre. La tarjeta de invitación había quedado abierta sobre la cama. El dibujo correspondía, en realidad, a una fiesta de no cumpleaños. Una de las trescientos sesenta y cuatro fiestas de no cumpleaños. El lógico que era Charles Dodgson sabía que siempre es abrumadoramente más extenso lo que queda afuera de cada afirmación. La manta era un mensaje de alerta pequeño y desesperante. ¿Cuánto más había en cada uno de los casos que no habíamos sabido ver? Esto era tal vez lo que Seldom esperaba de mí: que imaginara lo que no estaba allí y hubiéramos debido ver.

Busqué en mi cajón la ropa para ducharme, pensando todavía en Beth. Sonó el teléfono. Era Lorna: le habían dado un franco adicional y también tenía libre aquella noche. Le pregunté si quería acompañarnos a la función de magia.

—Claro que sí —dijo—, no pienso perderme ninguna otra de tus salidas. Pero seguramente, ahora que voy yo, sólo vamos a ver estúpidos conejos saliendo de galeras.

CAPÍTULO 21

Cuando llegamos al teatro no quedaban ya entradas en las primeras filas, pero Seldom se ofreció gentilmente a cambiar con Lorna la suya y quedarse más atrás. El escenario estaba en sombras, aunque se alcanzaba a distinguir una mesa sobre la que sólo había una gran copa de agua y un sillón de respaldo alto enfrentando al público. Apenas más retiradas, una docena de sillas vacías rodeaban en un semicírculo la mesa por los costados y por atrás. Habíamos entrado en la sala unos minutos después de hora y cuando ocupamos nuestros asientos las luces empezaron a bajar. El teatro quedó a oscuras por lo que me pareció apenas una fracción de segundo. Al encenderse de nuevo un foco sobre el escenario, vimos al mago sentado en el sillón, como si hubiera estado desde siempre allí, tratando de escrutar al público con la mano como una visera sobre la frente.

—¡Luz! ¡Más luz! —ordenó, mientras se ponía de pie, rodeaba la mesa, y se acercaba con la mano todavía sobre la frente al borde del escenario para recorrernos con la mirada.

Una luz cruel de quirófano alumbró su figura encorvada. Recién entonces reparé con sorpresa en que era manco. El brazo derecho le faltaba limpiamente desde el hombro, como si nunca lo hubiera tenido. Su brazo izquierdo volvió a alzarse en un gesto imperioso.

—¡Más luz! —repitió. Tenía una voz ronca, poderosa, sin ningún acento—. Quiero que lo vean todo, que nadie pueda decir: era un efecto de humo y penumbras… Aun si se ven mis arrugas. Mis siete pliegues de arrugas. Sí, soy muy viejo ¿no es cierto? Casi *increíblemente* viejo. Y sin embargo, tuve una vez ocho años. Tuve una vez ocho años, tenía dos manos, como todos ustedes, y quise aprender magia. *No, no me enseñe trucos*, le decía yo a mi maestro. Porque yo quería ser mago, no quería aprender trucos. Pero mi maestro, que era casi tan viejo como lo soy yo ahora, me dijo: el primer paso, el primer paso es saber los trucos. —Abrió los dedos de la mano y los extendió como un abanico frente a su cara.— Puedo decirles, porque ya no importa, que mis dedos eran ágiles, velocísimos. Tenía un don natural y muy pronto estaba recorriendo todo mi país, el pequeño prestidigitador, casi como un fenómeno de circo. Pero a los diez años tuve un accidente. O quizá no fue un accidente. Cuando me desperté estaba en una cama de hospital y sólo me quedaba esta mano izquierda. A mí, que quería ser mago, a mí, que era diestro. Pero allí estaba otra vez mi viejo maestro y mientras mis padres lloraban él sólo me dijo: este es el segundo paso, quizá, quizá seas mago algún día. Mi maestro murió, nunca nadie me dijo cuál era el tercer paso. Y desde entonces cada vez que me subo a un escenario, me pregunto si habrá llegado ese día. Tal vez sea algo que sólo ustedes pueden decir. Por eso siempre pido luz, y pido que pasen, que pasen y vean. Aquí, por aquí —hizo subir de a uno al escenario a la mitad de la primera fila para que se sentaran alrededor de él en las sillas vacías—. Más cerca, bien cerca, quiero que vigilen mi mano, que no se dejen sorprender, porque recuerden que hoy yo no quiero hacer trucos.

Extendió la mano desnuda sobre la mesa, sosteniendo entre el índice y el pulgar algo blanco y diminuto que no se alcanzaba a ver desde donde estábamos nosotros.

—Vengo de un país al que llamaban *el granero del mundo*. No te vayas hijo, me decía mi madre, aquí nunca te va a faltar un pedazo de pan. Me fui, me fui, pero siempre llevo conmigo esta miguita de pan. —Volvió a mostrarla y paseó la mano en derredor con los dos dedos apresando la esferita blanca, antes de dejarla cuidadosamente sobre la mesa. Apoyó la palma encima con un movimiento circular, como si se propusiera amasarla.— Extraños caminos los de las migas de pan, los borran los pájaros por la noche y ya no se puede regresar. Si volvieras, hijo, me decía mi madre, nunca te faltaría un pedazo de pan. Pero no podía regresar. ¡Extraños caminos los de las migas de pan! Caminos para ir pero no para regresar —la mano giraba hipnóticamente sobre la mesa—, por eso, yo no arrojé al camino todas las migas de pan. Y adonde vaya, siempre llevo conmigo…

—alzó la mano y vimos que ahora tenía un pequeño pancito perfectamente torneado, con los conos de las puntas sobresaliendo de la palma—: un pedazo de pan.

Giró a un costado y extendió la mano al primero en el semicírculo.

—Sin miedo: pruébelo —la mano, como la aguja de un reloj, se movió a la segunda silla y volvió a abrirse dejando ver otra vez una punta redondeada e intacta—. Puede ser un pedazo más grande. Adelante, pruébelo. —Giró y giró otra vez hasta que todos sacaron su pedazo de pan.

—Sí —dijo pensativo al terminar; mostró la palma y allí estaba siempre intacto el pequeño pan. Extendió los dedos, los largos dedos, como si pudiera comprimirlo desde los extremos, y cerró lentamente el puño. Cuando abrió la mano sólo quedaba la esferita que volvió a mostrar entre el índice y el pulgar—: no hay que tirar al camino todas las migas de pan.

Se puso de pie para recibir los primeros aplausos y despidió desde el borde del escenario a los doce que habían ocupado las sillas. En el segundo grupo que subió estábamos Lorna y yo. Sentado detrás de él, a un costado, podía verlo ahora de perfil, la nariz ganchuda, el bigote muy negro, como si estuviera embebido en tintura, el pelo lacio y canoso que se resistía a desaparecer. Y sobre todo la mano, grande y huesuda, con las manchas de vejez en el dorso. La deslizó por debajo de la gran copa de agua y bebió un sorbo antes de continuar.

—Me gusta llamar a este número *Lentificación* —dijo. Había sacado del bolsillo un mazo de cartas que barajaba fantásticamente con su única mano—. Los trucos no se repiten, me decía mi maestro. Pero yo no quería hacer trucos, yo quería hacer magia. ¿Puede repetirse un acto de magia? Solamente seis cartas —dijo, y separó del mazo de a una seis cartas—: tres rojas y tres negras. Rojo y negro, el negro de la noche, el rojo de la vida ¿Quién puede gobernar los colores? ¿Quién podría dictarles un orden? —Arrojó las cartas de a una boca arriba sobre la mesa, con un movimiento del pulgar—: Rojo, negro, rojo, negro, rojo, negro. —Las cartas habían quedado formando una hilera con los colores intercalados.— Y ahora, vigilen mi mano: quiero hacerlo muy lento —la mano avanzó para recoger las cartas tal como habían quedado—. ¿Quién podría dictarles un orden? —volvió a decir y las arrojó sobre la mesa con el mismo movimiento del pulgar—: Rojo rojo rojo, negro negro negro. No puede hacerse más lento —dijo entonces, recogiendo las cartas— o quizá... quizá sí, quizá *pueda* hacerse más lento. —Volvió a arrojar las cartas con los colores intercalados dejándolas caer despaciosamente—: rojo, negro, rojo, negro, rojo, negro. —Giró la cabeza hacia nosotros, para que no nos perdiéramos el movimiento e hizo avanzar la mano con una lentitud de cangrejo, cuidándose de tocar sólo la primera carta con la punta de los dedos. Las recogió con infinita delicadeza y cuando las arrojó sobre la mesa, los colores habían vuelto a juntarse—: Rojo rojo rojo, negro negro negro.

—Pero este joven —dijo, clavando sus ojos repentinamente en mí— es todavía escéptico: quizá ha leído algún manual de magia y cree que el truco está en el modo en que recojo las cartas, o en un efecto de *glide*. Sí, lo haría así... yo también lo hacía así cuando tenía dos manos. Pero ahora tengo sólo una. Y quizá un día no tenga ninguna. —Volvió a arrojar las cartas de a una sobre la mesa—: Rojo, negro, rojo, negro, rojo, negro —sus ojos volvieron a mirarme, imperativos—. Júntelas. Y ahora, sin que yo las toque, délas vuelta de a una —Obedecí, y las cartas a medida que las descubría parecían plegarse a su voluntad—. Rojo rojo rojo, negro negro negro.

Cuando volvimos a nuestros lugares, mientras todavía sonaban los aplausos, creí entender por qué Seldom había insistido en que debía ver la representación. Cada uno de los números que siguieron fueron como estos, extraordinariamente simples, y a la vez extraordinariamente limpios, como si el viejo mago hubiera accedido a una instancia áurea en la que ya no precisaba ninguna de sus manos. Parecía además divertirlo secretamente ir quebrando una por una las reglas del oficio. Había repetido trucos, había sentado durante toda la función gente a sus espaldas, había revelado técnicas con las que otros magos en la historia habían intentado lo mismo que él. En un momento me di vuelta y vi que Seldom estaba totalmente entregado al encantador, admirado y feliz, como un niño que no se cansa de ver el mismo prodigio una y otra vez. Recordé la seriedad con que me había dicho que prefería la hipótesis del fantasma en la tercera muerte, y me pregunté si sería realmente posible que creyera en cosas así. En todo caso, era difícil no rendirse al mago: el arte de cada número era esa desnudez esencial que no parecía permitir otra explicación que no fuera la única imposible. No hubo intervalo y pronto, o lo que me pareció demasiado pronto, anunció su último número.

—Ustedes se habrán preguntado —dijo—, ¿por qué una copa tan grande si finalmente tomé apenas un sorbo? Hay aquí todavía agua suficiente como para que nade un pez. —Extrajo un pañuelo rojo de seda y frotó lentamente el vidrio.— Y quizá —dijo—, si limpiamos bien el vidrio e imaginamos piedritas de colores, quizá, como en la jaula de Prévert, podamos atrapar un pez. —Retiró el pañuelo y vimos que efectivamente ahora nadaba un *Carassius* rojo contra las paredes de vidrio y que había en el fondo unas piedritas de colores.

—Los magos, ustedes saben, fuimos perseguidos ferozmente en varias épocas, desde aquel primer incendio que acabó con nuestros antepasados más antiguos, los magos pitagóricos. Sí, la matemática y la magia tienen una raíz común, y custodiaron durante mucho tiempo el mismo secreto. Entre todas las persecuciones, quizá la más despiadada fue la que se inició después del duelo entre Pedro y Simón Magus, cuando la magia fue prohibida oficialmente por los cristianos. Temían que alguien más pudiera multiplicar los panes y los peces. Fue entonces que los magos concibieron la que es hasta hoy su estrategia de supervivencia: escribieron manuales con los trucos más obvios para que se divulgaran entre la gente, incorporaron en sus representaciones cajas absurdas y espejos. Convencieron de a poco a todos de que detrás de cada acto hay un truco, se transformaron en magos de salón, se mimetizaron con los prestidigitadores y de este modo pudieron seguir en secreto, en las narices de sus perseguidores, su propia multiplicación de panes y de peces. Sí, el truco más persistente y sutil fue convencer a todos de que la magia no existe. Yo mismo usé recién este pañuelo, aunque para los magos verdaderos, el pañuelo no encubre el truco, el pañuelo encubre un secreto mucho más antiguo. Por eso recuerden —dijo, con una sonrisa mefistofélica—, sigan recordando siempre: la magia no existe. —Hizo castañetear los dedos y otro pez rojo saltó en el agua.— La magia no existe —volvió a castañetear y un tercer pez saltó en la copa. Cubrió la pecera con el pañuelo y cuando lo retiró de la punta ya no había ni copa ni piedras ni peces.— La magia... no existe.

CAPÍTULO 22

Estábamos en The Eagle and Child y Seldom y Lorna se burlaban de cuánto demoraba yo en terminar mi primera cerveza.

—*No puede beberse más lento... o quizá sí, quizá pueda beberse más lento* —dijo Lorna impostando la voz ronca y gruesa del mago.

Habíamos estado después de la función unos minutos en el camerino de Lavand pero Seldom no había conseguido convencerlo de que viniera con nosotros. "Ah sí, el joven escéptico", dijo distraído cuando Seldom me presentó, y luego, cuando se enteró de que era argentino, me dijo en un castellano que no parecía haber usado en mucho tiempo: "La magia está bien protegida gracias a los escépticos". Estaba muy cansado, nos había dicho retornando al inglés; cada vez hacía sus espectáculos más cortos, pero no conseguía engañar a sus huesos. Tenemos que hablar antes de que me vaya, por supuesto, le había dicho desde la puerta a Seldom, y espero que encuentres algo sobre lo que me preguntaste en el libro que te dejé.

—¿Qué le habías preguntado al mago? ¿De qué libro te hablaba? —preguntó Lorna con una confiada curiosidad. La cerveza parecía provocar en ella un extraño efecto de camaradería recobrada, que había notado ya en la sonrisa con que había chocado su jarro con Seldom, y me tuve que volver a preguntar hasta dónde habría llegado la amistad entre los dos.

—Tiene que ver con la muerte del músico —dijo Seldom—. Una idea que consideré por un momento, cuando recordé la forma en que murió Mrs. Crafford.

—Ah, sí —dijo Lorna con estusiasmo—, el caso del telépata.

—Fue uno de los casos más famosos que investigó Petersen —dijo Seldom, dirigiéndose a mí—: la muerte de Mrs. Crafford, una anciana muy rica que dirigía el círculo espiritista local. Fue en la época en que se estaban jugando aquí las eliminatorias del campeonato mundial de ajedrez. Había llegado a Oxford un telépata hindú bastante famoso y los esposos Crafford organizaron una velada privada en su mansión para ensayar un experimento de telepatía a distancia. La casa de los Crafford está en Summertown, cerca de donde vive usted. El telépata estaría en Folly Bridge, en el otro extremo de la ciudad. La distancia supuestamente iba a marcar alguna clase de récord ridículo. La señora Crafford se había prestado de buena gana para ser la primera voluntaria. El telépata hindú le colocó con muchas ceremonias una especie de casquete en la cabeza, la dejó sentada en el centro del salón y salió de la mansión rumbo al puente. A la hora señalada se apagaron las luces. El casquete era fosforescente y brillaba en la oscuridad, la gente del público alcanzaba a ver la cara de Mrs. Crafford en un nimbo espectral. Pasaron treinta segundos y se escuchó de pronto un grito horrible seguido de un largo chirrido como hacen los huevos al freír. Cuando Mr. Crafford volvió a encender las luces encontraron que la anciana estaba muerta en la silla, con el cráneo totalmente quemado, como si hubiera recibido la descarga fulminante de un rayo. El pobre hindú fue puesto preventivamente en prisión, hasta que logró explicar que el casquete era totalmente inofensivo, un pedazo de tela con pintura fluorescente ideado sólo para un efecto escénico. El hombre estaba tan perplejo como todos: había hecho su número de telepatía a distancia en muchos países y en todas las condiciones atmosféricas y aquel día era particularmente despejado y radiante. Las sospechas de Petersen se dirigieron por supuesto de inmediato a Mr. Crafford. Se sabía que tenía un *affaire* con una mujer mucho más joven, pero parecía haber muy poco más para inculparlo. Era difícil imaginar incluso *cómo* lo habría hecho. Petersen levantó su acusación contra él a partir de un único elemento: Mrs. Crafford usaba ese día la que llamaba su "peluca de gala", que tenía por dentro una redecilla de alambre. Todos habían visto cómo el esposo se había acercado a su mujer para darle un beso afectuoso antes de que se apagaran las luces. Petersen sostenía que en ese momento le había conectado un cable para electrocutarla, un cable que había hecho desaparecer luego mientras simulaba asistirla. No era imposible, pero como se probó luego en el proceso, era bastante complicado. El abogado de Crafford tenía en cambio una explicación alternativa simple y, a su manera, brillante: si usted mira el mapa de la ciudad, justo a mitad de camino entre Folly Bridge y Summertown está The Playhouse, donde se disputaba el campeonato de ajedrez. En el momento de la muerte había casi cien ajedrecistas furiosamente concentrados en sus tableros. La defensa sostenía que la energía mental liberada por el telépata se había potenciado bruscamente al atravesar el teatro con la suma de energías de los tableros y se había desencadenado como una tromba en Summertown... en fin; eso explicaría por qué lo que en principio era apenas una onda cerebral inofensiva acabara fulminando a Mrs. Crafford con la fuerza de un rayo. El juicio a Crafford dividió a Oxford en dos bandos. La defensa llamó al estrado a un ejército de mentalistas y supuestos estudiosos de lo paranormal que, como era de esperarse, respaldaron la teoría con toda clase de explicaciones ridículas, en la jerga seudo científica habitual. Lo curioso es que cuanto más disparatadas eran las teorías, más dispuesto parecía el jurado —y toda la ciudad— a creerlas. Yo recién empezaba en aquel tiempo mis estudios sobre la estética de los razonamientos y estaba fascinado por la fuerza de convicción que podía generar una idea atractiva. Uno podría decir, es cierto, que el jurado estaba compuesto por gente no necesariamente entrenada en el pensamiento científico, gente más acostumbrada a confiar en horóscopos o en el tarot que a desconfiar de parapsicólogos y telépatas. Pero lo interesante es que toda la ciudad abrazaba la idea y quería creer en ella, no por un acceso de irracionalismo sino con razones pretendidamente científicas. Era de algún modo una batalla dentro de lo racional y la teoría de los ajedrecistas era simplemente más seductora, más nítida, más pregnante, como dirían los pintores, que la teoría del cable bajo la peluca. Pero entonces, cuando ya todo parecía inclinarse a favor de Crafford, se publicó en el *Oxford Times* la carta de una lectora, una tal Lorna Craig, una chica bastante fanática de las novelas policiales —dijo Seldom, apuntando con su jarro en dirección de Lorna; los dos se sonrieron como si compartieran un viejo chiste—. La carta simplemente comentaba que en uno de los cuentos de un viejo número de la revista *Ellery Queen* se imaginaba una muerte igual, por telepatía a distancia, con la única diferencia de que la onda cerebral atravesaba un estadio de fútbol durante un tiro penal en vez de un salón de ajedrecistas. Lo gracioso es que en la historia se daba por cierta y como solución del enigma la tesis de la tormenta cerebral que sostenía la defensa, pero —voluble naturaleza humana— apenas la gente se enteró de que Crafford podía haber copiado la idea, todos se pusieron en su contra. El abogado demostró hasta donde pudo que Crafford no era precisamente un gran lector y que difícilmente podía haber conocido la historia, pero todo fue inútil. La idea, en su repetición, había perdido algo de su aura, y ahora sonaba a todos claramente como algo absurdo, que solamente se le podía ocurrir a un escritor. El jurado, un jurado de hombres falibles, como diría Kant, lo condenó a cadena perpetua aunque no pudieron encontrar otras pruebas en su contra. Digámoslo así: la única pieza de evidencia real que se presentó en todo el juicio fue un cuento fantástico que el pobre Crafford no había leído.

—¡El *pobre* Crafford achicharró a su esposa! —exclamó Lorna.

—Ya ve —dijo Seldom riendo—, había gente que estaba totalmente convencida y no necesitaba ninguna prueba. Como sea, volví a acordarme de este caso la noche del concierto. Usted recuerda que la asfixia del músico se produjo cuando la orquesta llegó al clímax: quise preguntarle a Lavand por la clase de efectos que se pueden crear a distancia. Con las entradas para la función me dejó un libro sobre hipnotismo, pero todavía no tuve tiempo de leerlo.

Una camarera se acercó para tomarnos el pedido. Lorna me señaló en el menú su clásico *fish and chips*, y se levantó para ir al baño. Cuando Seldom terminó de ordenar y la camarera nos dejó solos le devolví el sobre con las fotos.

—¿Pudo *recordar*? —me preguntó Seldom, y cuando vio mi cara dubitativa me dijo—: Es difícil, ¿no es cierto? Volver al origen como si uno no supiera nada. Deshacerse de lo que vino después. ¿Pudo ver algo que se le hubiera escapado antes?

—Sólo esto: el cadáver de Mrs. Eagleton, tal como lo encontramos, no tenía la manta de sus pies —dije.

Seldom se echó atrás en su silla y cruzó una mano bajo su mentón.

—Eso… puede ser interesante —dijo—. Sí, ahora que lo dice, lo recuerdo perfectamente, ella siempre llevaba, por lo menos cuando salía, una manta escocesa.

—Beth está segura de que todavía tenía la manta cuando ella bajó las escaleras a las dos. Después buscaron por toda la casa y la manta no apareció. Petersen no nos había dicho nada de esto —dije yo con algún despecho.

—Bueno —dijo Seldom, con una suave ironía—, es el inspector de Scotland Yard a cargo del caso, quizá no sintió la obligación de reportarse a nosotros con cada detalle.

Tuve que reír.

—Pero nosotros sabemos más que él —dije.

—Sólo en este sentido —dijo Seldom—: digamos, que nosotros tenemos más presente el teorema de Pitágoras.

Su cara se ensombreció, como si algo en la conversación le hubiera hecho recordar sus peores presentimientos. Se inclinó hacia mí como si fuera a confiarme algo.

—La hija me contó que no duerme de noche y que lo encontró algunas veces todavía despierto a la madrugada tratando de leer libros de matemática. Recibí otra llamada de él esta mañana. Creo que teme, como yo, que el jueves sea demasiado tarde.

—Pero el jueves es pasado mañana —dije.

—*Pasado mañana...* —repitió Seldom, tratando de darle sentido a la expresión castellana—. Es una mezcla interesante de tiempos —dijo—. El pasado con el futuro... Lo que ocurre es que no es exactamente un día cualquiera mañana. Fue justamente por eso que me llamó Petersen. Quiere enviar algunos de sus hombres a Cambridge.

—¿Qué pasa en Cambridge mañana? —Lorna había regresado y traía otras tres cervezas que distribuyó sobre la mesa.

—Me temo que tiene que ver con uno de los libros que le presté yo mismo al inspector Petersen. Un libro con una versión bastante fantástica sobre la historia del teorema de Fermat. Es el problema abierto más antiguo de la matemática —le dijo a Lorna—: hace más de trescientos años que los matemáticos luchan contra él y posiblemente mañana en Cambridge logren por primera vez demostrarlo. En el libro se rastrea el origen de la conjetura a las ternas pitagóricas, uno de los secretos de la primera época de la secta, antes del incendio, cuando todavía, como dijo Lavand, no se habían separado la magia de la matemática. Los pitagóricos consideraban a las propiedades y relaciones numéricas como la cifra secreta de una divinidad, que no debía divulgarse fuera de la secta. Podían difundirse los enunciados de los teoremas, para el uso en la vida diaria, pero jamás su demostración, de la misma manera que los magos se juramentan para no revelar sus trucos. El castigo para quien infringía la regla era la muerte. El libro sostiene que el propio Fermat pertenecía a una logia más moderna, pero no menos estricta, de pitagóricos. Había anunciado en la famosa anotación en el margen de la *Aritmética* de Diofantes que tenía una demostración de su conjetura, pero después de su muerte ni esa ni ninguna otra de sus demostraciones pudo ser encontrada entre sus papeles. Aunque supongo que lo que alarmó a Petersen son algunas muertes curiosas que rodean la historia del teorema. Claro que en trescientos años mucha gente muere, incluso los que estaban cerca de dar una demostración. Pero el autor es astuto y se las arregla para que algunas de estas muertes parezcan verdaderamente sospechosas. Por ejemplo el suicidio no hace tanto de Taniyama, con esa carta tan extraña que le dejó a su prometida.

—Entonces en ese caso los crímenes serían...

—Una advertencia —dijo Seldom—. Una advertencia al mundo de los matemáticos. La conspiración que imagina el libro, ya se lo dije a Petersen, me parece a mí una suma ingeniosa de disparates. Pero hay algo que de todos modos me preocupa: Andrew Wiles trabajó en absoluto secreto durante los últimos siete años. Nadie tiene una pista de cómo será su demostración: ni siquiera a mí me dejó ver nunca ninguno de sus papeles. Si algo le pasara antes de su exposición y desaparecieran esos papeles podrían pasar quizás otros trescientos años antes de que alguien pudiera repetir esa prueba. Por eso, más allá de lo que yo creo, no me parece mal que Petersen envíe alguno de sus hombres. Si algo llegara a ocurrirle a Andrew —dijo, y su cara volvió a ensombrecerse—, nunca me lo perdonaría.

CAPÍTULO 23

El miércoles 23 de junio me desperté cerca del mediodía. Desde la pequeña cocina de Lorna llegaba olor a café y un segundo olor paradisíaco de waffles recién hechos. Sir Thomas, el gato de Lorna, había logrado tirar al suelo buena parte del cobertor y estaba ovillado al pie de la cama. Pasé a su lado y abracé a Lorna en la cocina. El diario estaba abierto sobre la mesa y mientras Lorna servía el café revisé rápidamente las noticias. La serie de crímenes con los misteriosos símbolos, decía el *Oxford Times* con indisimulable orgullo local, se había convertido en la noticia de tapa de los principales diarios de Londres. Se reproducían en la primera página los grandes titulares que habían aparecido el día anterior en los diarios nacionales, pero aquello era todo, no había evidentemente ninguna otra novedad en el caso.

Busqué en las páginas interiores alguna noticia sobre el seminario en Cambridge. Había apenas un suelto muy cauteloso, bajo el título "El Moby Dick de los matemáticos", en el que se enumeraba la larga cronología de fracasos en los intentos por demostrar el teorema de Fermat. El diario mencionaba al final que se estaban haciendo apuestas en Oxbridge sobre lo que ocurriría esa tarde en la última de las tres conferencias y que estaban por el momento seis a uno, todavía en contra de Wiles.

Lorna había reservado una cancha para jugar al tenis a la una. Pasamos por Cunliffe Close para recoger mi raqueta y jugamos largamente sin que nadie nos interrumpiera, sin atender a otra cosa que al cruce de la pelota sobre la red, en ese pequeño rectángulo fuera del tiempo. Cuando salimos de las canchas vi en el reloj del club que eran casi las tres y le pedí a Lorna que antes de volver pasáramos un momento por el Instituto. El edificio estaba desierto, y al subir las escaleras tuve que ir encendiendo las luces a mi paso. Entré en la sala de computadoras, que estaba también vacía, y abrí mi cuenta de e-mail. Allí estaba el breve mensaje que se propagaba como una contraseña a todos los matemáticos a lo largo y ancho del mundo: ¡*Wiles lo había conseguido*! No había detalles sobre la exposición final; sólo se decía que la demostración había logrado convencer a los especialistas y que una vez escrita podía llegar a las doscientas páginas.

—¿Alguna buena noticia?— me preguntó Lorna cuando volví a subir al auto.

Le conté y supongo que percibió en el tono de admiración de mi voz el orgullo extraño y contradictorio por los matemáticos que me dominaba.

—Quizás hubieras preferido estar allí esta tarde —dijo y luego, riendo—. ¿Qué podría hacer para compensarte?

Hicimos el amor con una felicidad imparable de conejos por el resto de la tarde. A las siete, cuando ya empezaba a oscurecer y estábamos todavía tendidos uno junto al otro en un silencio exhausto, sonó el teléfono muy cerca de mí. Lorna se estiró sobre mi cuerpo en la cama para atender. Vi que en su cara aparecía una expresión de alarma y luego, de pesadumbre horrorizada. Me hizo una seña para que encendiera el televisor y con el auricular sostenido sólo en el mentón empezó a vestirse rápidamente.

—Hubo un accidente a la entrada de Oxford, en un lugar que llaman el "triángulo ciego". Un ómnibus rompió el puente y se despeñó en el acantilado. Están esperando a que lleguen al Radcliffe varias ambulancias con heridos: van a necesitarme en Rayos.

Cambié los canales hasta encontrar el noticiero local. Una periodista hablaba mientras se acercaba, seguida por la cámara, a un puente roto. Toqué dos o tres de los botones, pero no conseguía que emergiera la voz.

—No funciona el sonido— dijo Lorna. Ya estaba totalmente vestida y buscaba su uniforme dentro del placard.

—Seldom y todo un grupo de matemáticos volvían de Cambridge en ómnibus esta tarde —dije—. ¿En cuál de los accesos fue el accidente?

Lorna se dio vuelta, como si un mal presentimiento la hubiera petrificado, y volvió junto a mí.

—Dios mío, debían atravesar ese puente si venían desde allí.

Nos quedamos mirando con una fijeza desespe-

213

rada la pantalla del televisor. La cámara mostraba los fragmentos de vidrios junto al puente y el lugar donde la defensa había sido destrozada. Mientras la periodista se asomaba y señalaba hacia abajo, vimos aparecer, agrandado por el teleobjetivo, el guiñapo de metal en que había quedado convertido el ómnibus. La cámara se movía y oscilaba siguiendo a la periodista que había decidido descender por la pendiente escarpada del acantilado. Un pedazo de chasis se había desprendido en el lugar donde aparentemente el ómnibus había dado el primero de los tumbos. Cuando la cámara volvió a enfocar el fondo del acantilado, ahora mucho más cerca, vimos que un grupo de ambulancias había logrado llegar desde abajo para las tareas de rescate. Aparecieron en un primer plano desolador las ventanillas mudas y astilladas del ómnibus y luego un fragmento color naranja de la carrocería con un emblema que no reconocí. Sentí que Lorna me apretaba el brazo.

—Es un ómnibus escolar— dijo—. Dios mío: ¡son niños! ¿Te parece que...—susurró, sin decidirse a completar la pregunta y me miró con una expresión espantada, como si un juego al que habíamos estado jugando despreocupadamente se hubiera convertido de pronto en una pesadilla real—. Tengo que ir al hospital ahora —dijo y me dio un beso rápido—. Si vas a salir, la puerta se cierra sola.

Me quedé mirando la sucesión hipnótica de las imágenes en la pantalla. La cámara había rodeado el ómnibus y enfocaba una de las ventanillas, donde se agrupaba la cuadrilla de rescate. Evidentemente uno de los hombres había logrado penetrar en el interior y trataba de sacar por allí el cuerpo de uno de los chiquitos. Aparecieron primero las piernas delgadas y desnudas, que se balancearon con un movimiento desarticulado antes de que las sujetaran desde abajo una hilera de manos dispuestas como angarillas. Tenía puesto un pantalón corto de gimnasia que estaba manchado de sangre en un costado y unas zapatillas blancas relucientes. Cuando asomó la primera mitad del torso vi que llevaba una camiseta de competición sin mangas con un gran número en el pecho. La cámara volvió a enfocar la ventanilla. Dos grandes manos sostenían por atrás con infinito cuidado la cabeza del chico. Por las muñecas, como si resbalaran inconteniblemente de la nuca, se veían caer grandes gotas de sangre al piso. La cámara enfocó la cara del niño y vi con sorpresa bajo el largo flequillo rubio y desmadejado los rasgos mongoloides inconfundibles de un chico Down. Detrás asomó por primera vez la cara del hombre adentro del ómnibus. Su boca se abría en un par de palabras que repitió con desesperación mientras extendía hacia afuera las dos palmas ensangrentadas en el gesto de que ya no quedaba adentro nadie más. La cámara siguió a la procesión que llevaba a este último chico detrás del ómnibus. Alguien impidió el paso del camarógrafo, pero aun así alcanzó a verse por un instante una larga hilera de camillas con los cuerpos cubiertos por sábanas hasta arriba. La imagen volvió a los estudios de la emisora. Mostraron una foto del grupo de chicos, antes de un partido.

Era en efecto un equipo de básquet de una escuela de chicos Down, que volvían de un torneo intercolegial en Cambridge. Cinco titulares y cinco suplentes. En una rápida sucesión desfilaron al pie de la pantalla los nombres. Una frase lacónica confirmaba que los diez habían muerto. Apareció en la pantalla una segunda foto: la cara de un hombre todavía joven, que me pareció vagamente familiar, aunque el nombre que aparecía debajo de la foto, Ralph Johnson, me resultaba totalmente desconocido. Era el chofer del ómnibus y aparentemente había logrado saltar afuera antes del choque, pero había muerto también, antes de llegar al hospital. La cara desapareció de la pantalla y apareció una cronología de las tragedias que habían ocurrido en aquel mismo lugar.

Apagué el televisor y me eché hacia atrás con una de las almohadas sobre los ojos, tratando de recordar dónde había visto antes la cara del chofer. Probablemente aquella foto era de algunos años atrás. El pelo muy corto y crespo, los pómulos afilados, los ojos hundidos… lo había visto antes, sí, pero no como chofer, sino en otro lugar… *¿dónde?* Me levanté irritado de la cama y me di una ducha larga, repasando mentalmente cada uno de los rostros que había cruzado en la ciudad desde el primer día. Mientras me vestía y volvía a la habitación por mis zapatos traté de rehacer la cara de la pantalla. Los pequeños rulos apretados, la expresión fanática… sí, me senté en la cama aturdido por la sorpresa, por la cantidad de diferentes implicaciones, pero no podía equivocarme, después de todo no había conocido tantas personas en Oxford. Llamé al hospital y pedí que me pasaran con Lorna. Apenas la escuché del otro lado le pregunté, bajando involuntariamente la voz.

—El chofer del ómnibus... era el padre de Caitlin, ¿no es cierto?

—Sí —dijo después de un segundo y me di cuenta de que también su voz bajaba a un susurro.

—¿Es lo que estoy suponiendo? —dije.

—No sé, pero no quise decir nada. Uno de los pulmones era compatible. Caitlin acaba de entrar en el quirófano: creen que todavía pueden salvarla.

CAPÍTULO 24

—Durante las primeras horas creí que se trataba de una equivocación —dijo Petersen—. Pensaba que el verdadero blanco era el ómnibus de ustedes, que venía muy cerca detrás. Creo que incluso algunos de los matemáticos alcanzaron a ver la caída por el acantilado, ¿no es cierto? —dijo, dirigiéndose a Seldom.

Estábamos en un pequeño café en Little Clarendon. Petersen nos había citado allí, fuera de sus oficinas, como si tuviera algo de qué disculparse, o algo que agradecernos. Estaba vestido con un traje negro muy severo y recordé que esa mañana habría un servicio fúnebre especial por los chicos muertos. Era la primera vez que yo veía a Seldom desde su regreso. Tenía una expresión grave y silenciosa y el inspector tuvo que repetir su pregunta.

—Sí, vimos el choque contra el puente y después el primero de los tumbos. Nuestro ómnibus se detuvo de inmediato y alguien llamó al Radcliffe. Algunos decían que podían escuchar gritos desde el fondo del acantilado. Lo curioso —dijo Seldom, como si recordara una pesadilla no del todo lógica— es que cuando nos asomamos al acantilado *ya había* dos ambulancias allí.

—Las ambulancias estaban allí porque esta vez el mensaje llegó antes y no después del crimen. Esto es lo primero que me llamó la atención también a mí. Tampoco fue dirigido a usted, como los anteriores, sino directamente al servicio de emergencias del hospital. Ellos me avisaron a mí mientras las ambulancias se ponían en camino.

—¿Qué decía el mensaje? —pregunté yo.

—*El cuarto de la serie es el Tetraktys. Diez puntos en el triángulo ciego.* Fue un llamado por teléfono, que afortunadamente quedó grabado. Tenemos otras grabaciones de la voz de él y aunque trató de distorsionarla un poco no hay dudas sobre esto. Sabemos incluso desde dónde fue hecha la llamada: un teléfono de monedas en una estación de servicio en las afueras de Cambridge, donde se había detenido supuestamente para cargar nafta. Aquí encontramos el primer detalle intrigante, del que se dio cuenta Sacks al revisar los tickets: había cargado muy poca nafta, mucha menos que al salir de Oxford. Cuando se hizo el peritaje del ómnibus comprobamos que efectivamente el tanque estaba casi vacío.

—No quería que en la caída se provocara un incendio —dijo Seldom, como si asintiera a su pesar a un razonamiento irreprochable.

—Sí —dijo Petersen—, yo imaginé al principio, dentro del esquema anterior, que si había avisado con anticipación era quizá porque quería inconscientemente que lo detuviéramos, o que tal vez fuera parte de su diversión: un *handicap* que nos otorgaba. Pero todo lo que quería era que los cuerpos no se incendiaran y que las ambulancias estuvieran cerca, para asegurarse de que los órganos llegaran lo antes posible al hospital. Sabía que diez cuerpos le daban una buena probabilidad para el trasplante. Supongo que a su manera triunfó: cuando nos dimos cuenta era demasiado tarde. La operación se hizo casi de inmediato, ese mismo día, apenas se obtuvo el consentimiento del primer par de padres, y según me dijeron, la chica va a sobrevivir. En realidad sólo empezamos a sospechar de él ayer, cuando en una comprobación de rutina vimos que su nombre aparecía también en la lista de Blenheim Palace. Había llevado al concierto a otro grupo de chicos de la escuela y se suponía que los esperaría en la playa de estacionamiento. Estaba en una posición perfecta para rodear por atrás la glorieta, asfixiar al percusionista y volver de inmediato a su lugar durante el tumulto sin que nadie lo viera. En el Radcliffe nos confirmaron que conocía a Mrs. Eagleton: las enfermeras lo vieron hablar con ella en un par de ocasiones. Sabemos también que Mrs. Eagleton llevaba a la sala de espera el libro que usted escribió sobre series lógicas. Probablemente le contó que lo conocía personalmente a usted, sin saber que eso la convertiría en su primera víctima. En fin, entre los libros de él encontramos uno sobre los espartanos, uno sobre los pitagóricos y los trasplantes en la antigüedad y otro sobre el desarrollo físico de los niños Down: quería asegurarse de que los pulmones servirían.

—¿Y cómo hizo lo de Clark? —pregunté yo.

—Ahora nunca lo voy a poder confirmar, pero mi

idea es ésta: a Clark no lo mató. Simplemente vigiló el segundo piso hasta que vio salir una camilla con un muerto de esa sala, la sala que, él sabía, visitaba Seldom. Los cadáveres quedan en un cuartito en ese mismo piso, sin ninguna vigilancia, a veces durante horas. Lo único que hizo fue entrar en ese cuarto y clavar en el brazo de Clark la punta de una jeringa vacía, para dejar una marca y simular un asesinato. El hombre verdaderamente se proponía, a su modo, hacer el menor daño posible. Creo que para entender el razonamiento debemos empezar por el final. Quiero decir, empezar por el grupo de chicos Down. Posiblemente desde que le negaron por segunda vez un pulmón para su hija empezó a concebir las primeras ideas en esta dirección. Todavía no había pedido licencia en ese momento y llevaba y traía todas las mañanas a ese grupo de chicos en su ómnibus. Empezó a verlos como un banco de pulmones sanos, que dejaba ir todos los días mientras su hija se moría. La repetición crea el deseo, sí, y el deseo crea obsesiones. Quizá pensó primero en matar a uno solo pero sabía que no era tan fácil dar con un pulmón compatible. Sabía también que muchos de los padres en esta escuela son católicos extremos: es muy común en los padres de estos chicos el corrimiento a la religión, algunos creen incluso que sus hijos son ángeles de algún tipo. No quería correr riesgos de que le negaran otra vez el trasplante eligiendo uno al azar, pero tampoco podía simplemente despeñarse con ellos: los padres sospecharían de inmediato y ninguno querría donar el pulmón. Todos sabían que

Johnson estaba desesperado por su hija y que poco después de la internación había consultado la legislación inglesa con la intención de suicidarse. Necesitaba en definitiva, alguien que los matara por él. Éste, supongo yo, era su dilema hasta que leyó, quizás a través de Mrs. Eagleton, o en ese avance en el diario, el capítulo de su libro sobre los crímenes en serie. Encontró entonces la idea que le faltaba. Concibió su plan, un plan simple. Si no podía conseguir alguien que matara a los chicos por él, inventaría un asesino. Un asesino serial imaginario en el que todos creyeran. Había leído ya, probablemente, sobre los pitagóricos, y no le resultó difícil imaginar una serie de símbolos que pudieran ser vistos como un desafío a un matemático. Aunque quizá el segundo símbolo, el pez, tuviera una connotación privada adicional: es el símbolo de los primeros cristianos. Fue tal vez su modo de señalar que se estaba vengando. Sabemos también que lo fascinaba particularmente el símbolo del Tetraktys, está escrito en el margen de casi todos sus libros, posiblemente por la correspondencia con el número diez, el equipo completo de básquet, la cantidad de chicos que pensaba matar. Eligió a Mrs. Eagleton para iniciar la serie porque difícilmente podría pensarse en una víctima más fácil: una mujer anciana, inválida, que se quedaba sola en su casa todas las tardes. Sobre todo, no quería alertar al principio a la policía. Este era un elemento clave del plan: que las primeras muertes fueran discretas, imperceptibles, de manera que no nos echáramos de inmediato sobre él y pudiera tener tiempo para llegar a la cuarta. Le bastaba que una sola persona estuviera avisada: usted. Algo le salió mal en esa primera muerte pero fue de todos modos más inteligente que nosotros y no volvió a cometer errores. Sí, a su manera, triunfó. Es extraño, pero me cuesta condenarlo: yo también tengo una hija. Es difícil saber hasta dónde llegaría uno por un hijo.

—¿Usted cree que planeaba salvarse? —preguntó Seldom.

—Eso no creo ya que nunca lo sepamos —dijo Petersen—. En el peritaje se descubrió que había limado ligeramente la dirección. Esto le habría dado en principio una coartada. Pero por otro lado, si pensaba saltar, podría haberlo hecho antes. Creo que quiso manejar hasta el final, para estar seguro de que el ómnibus verdaderamente cayera al precipicio. Sólo cuando atravesó la valla se decidió a saltar. Cuando pudieron rescatarlo ya estaba totalmente inconsciente y murió en la ambulancia antes de llegar al hospital. Bien —dijo el inspector mientras llamaba al mozo y consultaba su reloj—, no me gustaría llegar tarde al servicio. Sólo quiero decirles una vez más que aprecié verdaderamente la ayuda de ustedes —y le sonrió por primera vez a Seldom sin prevenciones—: leí hasta donde pude los libros que usted me prestó, pero las matemáticas nunca fueron mi fuerte.

Nos pusimos de pie junto con él y lo vimos alejarse hacia la iglesia de St. Giles, donde se había congregado ya una gran cantidad de gente. Algunas de

224

las mujeres llevaban velos negros y otras eran llevadas de la mano adentro de la iglesia, como si les resultara demasiado penoso subir solas los pocos escalones de la entrada.

—¿Usted vuelve al Instituto? —me preguntó Seldom.

—Sí —dije—, en realidad no debería haberme tomado estos minutos: tengo que terminar y enviar hoy sin falta el informe de mi beca. ¿Y usted?

—¿Yo? —Miró hacia la entrada de la iglesia, y por un momento me pareció que estaba muy solo y curiosamente desvalido.— Creo que voy a esperar aquí a que termine el servicio: quiero acompañar la procesión al cementerio.

CAPÍTULO 25

Durante las horas siguientes llené, tropezando cada vez más a menudo, como un fatigado corredor de vallas, la sucesión de ridículos casilleros que se me pedían en el informe. A las cuatro de la tarde logré por fin imprimir los archivos y juntar todas las hojas en un gran sobre de papel madera. Bajé a la secretaría, dejé el sobre a Kim para que lo enviara a la Argentina con el correo de la tarde y salí a la calle en una leve euforia de liberación. Recordé, en el camino de regreso a Cunliffe Close, que debía pagarle a Beth el segundo mes de alquiler e hice un ligero desvío para retirar el dinero del cajero automático. Me encontré repitiendo los mismos pasos que un mes atrás, casi exactamente a la misma hora. El aire de la tarde tenía la misma tibieza, las calles la misma calma, todo parecía duplicarse, como si fuera una última oportunidad que se me daba para volver atrás, al día en que todo había empezado. Elegí al retomar Banbury Road el mismo lado, la vereda del sol, y caminé rozando los setos de ligustros, para plegarme a esa conjunción misteriosa de repeticiones. Sólo al llegar al recodo de Cunliffe Close vi, todavía adherido al pavimento, el último jirón de la piel del *angs-*

tum, algo que un mes atrás no estaba. Me forcé a acercarme. Los autos, la lluvia, los perros, habían hecho su trabajo. La sangre se había reabsorbido. Apenas quedaba ese último fragmento de piel seca erizada de pelos que sobresalía del pavimento, como una cáscara a punto de ser arrancada. "El *angstum* hace todo por salvar a su cría", había dicho Beth. ¿No había escuchado a la mañana una frase casi igual? Sí, había sido el inspector Petersen: "Es difícil saber hasta dónde llegaría uno por un hijo". Me quedé petrificado, con los ojos clavados en ese último despojo, escuchando en el silencio. De pronto lo supe, lo supe enteramente. Vi, como si siempre hubiera estado allí, lo que Seldom quería que viera desde el principio. *Me lo había dicho*, casi letra por letra, y yo no había sabido escuchar. Me lo había repetido, de cien maneras diferentes, me había puesto bajo las narices las fotos y yo sólo había visto todo el tiempo emes, corazones y ochos.

Retrocedí y desanduve toda la avenida llevado por un único pensamiento: tenía que encontrar a Seldom. Crucé el mercado, subí por High Street, y tomé el atajo de King Edward para llegar lo antes posible a Merton College. Pero Seldom no estaba allí. Me quedé por un momento algo desorientado frente a la ventanilla de la recepción. Pregunté si lo habían visto regresar a la hora del almuerzo y me dijeron que no recordaban haberlo visto otra vez desde la mañana. Se me ocurrió que quizás estuviera en el hospital, visitando a Frank. Tenía unos cuartos en el bolsillo y llamé desde el teléfono del College a Lorna, para que me comunicara con el segundo piso. No, Mr. Kalman no había tenido durante el día ninguna visita. Pedí que me pasaran otra vez con Lorna.

—¿No se te ocurre ningún otro lugar donde pueda estar?

Hubo un silencio del otro lado de la línea y no pude saber si Lorna simplemente estaba pensando, o trataba de decidir si debía decirme algo que me podría revelar la verdadera relación que había tenido con Seldom.

—¿Qué día es hoy? —me preguntó inesperadamente.

Era el 25 de junio. Se lo dije y Lorna suspiró, como si asintiera.

—Es el día que murió su mujer, el día del accidente. Creo que lo vas a encontrar en el Museo Ashmolean.

Rehice el camino a Magdalen Street y subí las escalinatas del Museo. Nunca había estado todavía allí. Atravesé una pequeña galería de retratos presidida por el rostro impenetrable de John Denwey y seguí las flechas que indicaban el gran friso de los asirios. Seldom era la única persona en el salón. Estaba sentado en una de las banquetas que habían dispuesto a cierta distancia de la pared central. A medida que me acercaba vi que el friso se prolongaba como un pergamino de piedra delgado y larguísimo extendido de lado a lado en la sala. Mitigué involuntariamente mis pasos al aproximarme: Seldom parecía estar sumido en un profundo recogimiento, con los ojos clavados en un detalle de la piedra, inmóviles y vaciados de expresión, como si hiciera mucho que hubiera dejado de mirar. Por un instante me pregunté si no hubiera debido esperarlo afuera. Cuando se volvió hacia mí no pareció sorprenderse de verme allí y sólo dijo, con su tono llano de siempre:

—Bueno, si llegó hasta acá es porque sabe, o porque cree que sabe, ¿no es cierto? Siéntese —y me señaló la banqueta a su lado—: si quiere ver el friso entero tiene que sentarse aquí.

Me senté donde me indicaba y vi la sucesión de imágenes abigarradas de lo que parecía un inmenso campo de batalla. Las figuras eran pequeñas y estaban marcadas sobre la piedra amarillenta con una precisión admirable. En la multiplicación de escenas de combate un solo guerrero parecía enfrentarse a legiones enteras de enemigos. Se lo reconocía por una larga barba y una espada que sobresalía entre todas. La repetición incansable del guerrero daba al recorrer el friso de izquierda a derecha una vívida sensación de movimiento. Al mirar por segunda vez uno advertía que las posiciones sucesivas podían ser vistas como una progresión temporal y que al final del friso eran mucho más numerosas las figuras caídas, como si el guerrero hubiera vencido por sí solo a todo el ejército.

—*El rey Nissam, guerrero infinito* —dijo Seldom, con una entonación extraña—. Ese es el nombre con el que se le presentó el friso al rey Nissam y todavía el nombre con que llegó al Museo Británico tres mil años después. Pero hay otra historia que guarda la piedra para el que tiene la paciencia de ver. Mi mujer logró reconstruirla casi por completo cuando el friso llegó aquí. Si se fija en el cartel al costado verá que la obra fue encargada a Hassiri, el escultor más importante entre los asirios, para celebrar un cumpleaños del rey. Hassiri tenía un hijo, Nemrod, a quien había enseñado su arte y trabajaba junto con él. Nemrod estaba prometido a una muchacha muy joven, Agartis. El mismo día en que el padre y el hijo alistaban la piedra para empezar los trabajos, el rey Nissam, durante una excursión de caza, encontró a la muchacha junto al río. Quiso tomarla por la fuerza y Agartis, que no reconoció al rey, trató de escapar por el bosque. El rey le dio alcance fácilmente y le cortó la cabeza con su espada después de violarla. Cuando volvió al palacio y pasó delante de los escultores, padre e hijo pudieron ver la cabeza de la muchacha colgada de la grupa con el resto de las piezas de caza. Mientras Hassiri iba a llevar la triste noticia a la madre de la muchacha, su hijo, en un arranque de desesperación, grabó sobre la piedra la figura del rey que segaba la cabeza de una mujer arrodillada. Hassiri encontró al volver a su hijo enloquecido, martillando en la piedra una imagen que sería su condena a muerte. Lo apartó de la pared, lo hizo retornar a su casa y quedó a solas con su dilema. Probablemente hubiera sido fácil para él borrar de la piedra esa imagen. Pero Hassiri era un artista antiguo y creía que cada obra lleva una verdad misteriosa amparada por una mano divina, una verdad que no corresponde a los hombres destruir.

Posiblemente también quería, tanto como su hijo, que los hombres de algún futuro supieran lo que había ocurrido. Durante la noche tendió un lienzo sobre la pared y pidió que se lo dejara trabajar en secreto, oculto debajo del lienzo, porque la obra que preparaba, dijo, sería de una naturaleza distinta a todos sus trabajos anteriores, una obra que sólo la mirada del rey debía inaugurar. A solas con esa primera imagen sobre la piedra, Hassiri tuvo el mismo dilema que el general de Chesterton en *El signo de la espada rota*: ¿cuál es el mejor lugar para esconder un grano de arena? Una playa, sí, pero ¿qué ocurre si no hay playa? ¿Cuál es el mejor lugar para esconder un soldado muerto? Un campo de batalla, sí, pero ¿qué ocurre si no hay batalla? Un general puede desatar una batalla y un escultor... puede imaginarla. El rey Nissam, guerrero infinito, nunca participó en una guerra: el suyo fue un período extraordinariamente pacífico, posiblemente sólo mató en su vida a mujeres desarmadas. Pero el friso, aunque el motivo bélico le resultara un tanto extraño, halagó al rey y le pareció una buena idea exponerlo en palacio para intimidar a los reyes vecinos. Nissam, y después de él generaciones y generaciones de hombres, sólo vieron lo que el artista quería que se viera: una sucesión abrumadora de imágenes de las que el ojo pronto se despega porque cree advertir la repetición, cree capturar la regla, cree que cada parte representa al todo. Ese es el señuelo en la multiplicación de la figura con la espada. Pero hay una parte mínima, una parte escondida que contradice y aniquila al resto, una parte que es en sí misma otro todo. Yo no tuve que esperar tanto tiempo como Hassiri. Quería también que alguien, al menos una persona, lo descubriera, que alguien supiera la verdad y juzgara. Supongo que tengo que alegrarme de que usted finalmente lo haya visto.

Seldom se puso de pie y abrió la ventana detrás de mí mientras enrollaba un cigarrillo. Continuó hablando de pie, como si ya no pudiera volver a sentarse.

—Esa primera tarde, cuando nos conocimos, yo había recibido un mensaje, sí, pero no era de un desconocido, no era de un loco, sino de alguien, desgraciadamente, muy cercano a mí. Era la confesión de un crimen y era un pedido desesperado de ayuda. El mensaje estaba en mi casillero, como le dije a Petersen, desde la hora en que entré a clase, pero recién lo recogí y lo leí cuando bajé a la cafetería, una hora más tarde. Fui inmediatamente a Cunliffe Close, y lo encontré a usted en la puerta de entrada. Todavía creía que en el mensaje podía haber alguna exageración. *Hice algo terrible*, decía, pero no hubiera podido imaginar nunca lo que encontramos. Alguien a quien usted alza en brazos desde que es una niña, sigue siendo una niña toda la vida para usted. Siempre la había protegido. Yo no hubiera podido llamar a la policía. Si hubiera estado a solas allí supongo que hubiera intentado borrar las huellas, limpiar la sangre, hacer desaparecer la almohada. Pero estaba con usted y tuve que hacer el llamado. Había leído ya sobre los casos de Petersen y sabía que apenas se hiciera cargo y se echara sobre ella estaría perdida. Mientras esperábamos a los patrulleros tuve, yo también, el dilema de Hassiri. ¿Dónde esconder un grano de arena? En la playa. ¿Dónde esconder una figura con espada? En un campo de batalla. ¿Y dónde esconder un crimen? Ya no podía ser en el pasado. La respuesta era simple pero terrible: sólo quedaba el futuro, sólo podía ocultarse en una serie de crímenes. Era verdad que después de publicar mi libro yo había recibido mensajes de toda clase de perturbados mentales. Recordaba sobre todo uno que aseguraba que mataba a un *homeless* cada vez que su boleto de ómnibus era un número primo. No me costaba nada imaginar a un asesino que dejara en cada crimen, como un desafío, el símbolo de una serie lógica. Pero por supuesto, no estaba dispuesto a *cometer* los asesinatos. No estaba seguro todavía de cómo resolvería esto, pero tampoco tenía demasiado tiempo para pensarlo. Cuando el forense determinó la hora de la muerte entre las dos y las tres de la tarde, me di cuenta de que la detendrían de inmediato y decidí dar el salto al vacío. El papel que yo había tirado al cesto esa tarde era el borrador de una demostración equivocada que había querido después recuperar, estaba seguro de que Brent se acordaría de ese papel si la policía decidía preguntarle. Imaginé un texto breve, como una cita. Quería sobre todo darle una coartada: lo más importante era la hora. Elegí las tres de la tarde, el límite superior que había determinado el forense, sabía que a esa hora ella estaría ya en el ensayo. Cuando el inspector me preguntó si había en el mensaje algún otro detalle recordé que habíamos estado hablando con usted en castellano y que al fijarme en los atriles había visto formada la palabra "aro". Pensé inmediatamente en el círculo: ése era exactamente el símbolo que yo mismo sugería en mi libro para iniciar una serie con una máxima indeterminación.

—*Aro*—dije yo—, eso era lo que usted quería que viera en las fotos.

—Sí: traté de decírselo de todas las maneras posibles. Solamente usted que no es inglés hubiera podido unir las letras y leer esa palabra como la leí yo. Después de que nos tomaron las declaraciones, mientras caminábamos hacia el teatro, yo quería saber sobre todo si usted había reparado en eso, o en cualquier otro detalle que se me hubiera escapado a mí y que pudiera inculparla. Usted me llamó la atención sobre la posición final de la cabeza, con los ojos vueltos contra el respaldo. Ella me confesó después que sí, que no había resistido la mirada de esos ojos fijos y abiertos.

—¿Y por qué hizo desaparecer la manta?

—En el teatro le pedí que me contara todo, paso por paso, exactamente cómo lo había hecho. Por eso le pedí a Petersen que me dejara a mí darle la noticia: quería que ella hablara conmigo antes de enfrentarse a la policía. Tenía que contarle mi plan y quería, sobre todo, saber si se había descuidado en algo más. Me dijo que había usado sus guantes de gala para no dejar huellas, pero que había tenido, efectivamente, que luchar contra ella y que el taco de su zapato había desgarrado la manta. Pensó que la policía podía sospechar por este detalle que había sido una mujer. Tenía todavía la manta en su bolso y convinimos en que la haría desaparecer. Estaba terriblemente nerviosa y creí que no resistiría ese primer encuentro con Petersen. Yo sabía que si Petersen se centraba en ella estaba perdida. Y sabía que para instalar la teoría de la serie debía proporcionarle cuanto antes un segundo asesinato. Afortunadamente *usted* me había dado en esa primera conversación que tuvimos la idea que me faltaba, cuando hablamos de crímenes imperceptibles. Crímenes que nadie viera como crímenes. Un crimen verdaderamente imperceptible, me di cuenta, no necesita ser ni siquiera un crimen. Pensé de inmediato en la sala de Frank. Yo veía salir cadáveres cada semana de allí. Sólo necesité procurarme una jeringa y, como adivinó Petersen, esperar con paciencia a que apareciera el primer muerto en el cuarto del pasillo. Fue un domingo, mientras Beth estaba de gira. Era perfecto para librarla a ella de sospechas. Me fijé en la hora que habían anotado en la muñeca, para asegurarme de que me diera también a mí una coartada, y clavé en el brazo de ese cadáver la jeringa vacía, sólo para dejar una marca. Esto era lo más lejos que me proponía llegar. Había leído en mi pequeña investigación sobre crímenes irresueltos que los forenses sospechaban desde hacía un tiempo la existencia de una sustancia química que se disipa en pocas horas sin dejar rastros. Esa sospecha era suficiente para mí. Además se suponía que mi criminal debía estar lo bastante preparado como para desafiar también a la policía. Ya tenía decidido que el segundo símbolo sería el del pez, y que la serie debía ser la de los primeros números pitagóricos. Apenas salí del hospital dejé un mensaje similar al que había descripto para Petersen pegado en la puerta giratoria del Instituto. El inspector llegó a reconstruir esta parte y creo que sospechó durante un tiempo de mí. Fue a partir de esa segunda muerte que Sacks empezó a seguirme a todos lados.

—Pero en el concierto usted no pudo hacerlo: ¡usted estaba junto a mí! —dije.

—El concierto... el concierto fue la primera señal de lo que más temía. La maldición que me persigue desde siempre. Dentro de mi plan, yo estaba esperando que se produjera un accidente de tránsito exactamente en el lugar que eligió Johnson para despeñarse. Era el lugar donde yo mismo me había accidentado y la única posibilidad que se me ocurría para el tercer símbolo de la serie, el triángulo. Pensaba enviar un mensaje a posteriori que reclamara ese accidente vulgar como un crimen, un crimen que había llegado a la máxima perfección: la de no dejar ningún rastro. Esa había sido mi elección y esa hubiera sido la última de las muertes. Yo daría a conocer inmediatamente después la solución de la serie que yo mismo había iniciado. Mi supuesto contrincante intelectual admitiría que estaba derrotado y desaparecería en silencio o dejando quizá algunas pistas falsas para que la policía persiguiera todavía durante algún tiempo a un fantasma. Pero entonces, ocurrió lo del concierto. Era una muerte y yo estaba buscando muertes. Desde donde estábamos parecía realmente que alguien lo estuviera estrangulando. No era difícil creer que estábamos presenciando un asesinato. Pero quizá lo más extraordinario es que aquel hombre que moría había estado tocando el triángulo. Parecía una señal benévola, como si mi plan hubiera sido aprobado en una esfera más alta y la vida me allanara el camino. Como le dije, nunca supe leer los signos del mundo real. Creí que podía tomar para mi plan aquella muerte y mientras usted corría con los demás al escenario, me aseguré de que nadie se estuviera fijando en mí y recorté del programa las dos palabras que necesitaba para armar el mensaje. Después simplemente las dejé sobre mi asiento y caminé detrás de usted. Cuando el inspector nos hizo señas y vi que se acercaba por el otro extremo de la fila a nosotros, me detuve a propósito antes de llegar a mi asiento, como si me hubiera paralizado la sorpresa, para que fuera él mismo quien los alzara. Fue mi pequeño acto de ilusionismo. Por supuesto había tenido, o suponía que había tenido, una ayuda extraordinaria del azar, porque incluso estaba allí Petersen para presenciarlo todo. El médico que subió al escenario dijo lo que para mí era obvio: había sido un paro respiratorio natural, a pesar de su apariencia tan dramática. Yo hubiera sido el primer sorprendido si la autopsia revelaba algo extraño. Sólo me quedaba entonces el problema, que ya había resuelto una vez, de convertir una muerte natural en un crimen y deslizar una hipótesis convincente para que también Petersen integrara naturalmente esa muerte a la serie. Esta vez era más difícil, porque no podía acercarme al cadáver y, digamos, apretar mis manos alrededor del cuello. Recordé entonces el caso del telépata. Sólo se me ocurría algo así: insinuar que podría haberse tratado de un caso de hipnotismo a distancia. Sabía sin embargo que sería casi imposible convencer a Petersen de esto, aún si le hubieran quedado dudas sobre el crimen de Mrs. Crafford: no estaba, por decirlo así, dentro de la estética de sus razonamientos, en su entorno de lo verosímil. No hubiera sido para él un argumento plausible, como diríamos en matemática. Pero finalmente nada de esto fue necesario: Petersen aceptó sin problemas una hipótesis para mí mucho más burda, la del ataque relámpago por atrás. La aceptó, pese a que estaba en el concierto y vio lo mismo que nosotros: que a pesar de la teatralidad de la muerte, no había nadie más allí. La aceptó por la misma razón humana de siempre: porque *quería* creer. Quizá lo más curioso es que Petersen ni se detuvo a considerar la posibilidad de que se tratara de una muerte natural: me di cuenta de que si alguna vez había dudado, ahora ya estaba totalmente convencido de que perseguía a un asesino serial y le parecía perfectamente razonable encontrar crímenes a cada paso, incluso la única noche que salía con su hija a un concierto.

—¿No cree que pudo haber sido Johnson el que atacó al músico, como piensa Petersen?

—No, no lo creo. Eso es solamente posible desde

la argumentación de Petersen. Es decir, si Johnson hubiera planeado también la muerte de Mrs. Eagleton y la de Clark. Pero hasta la noche del concierto era muy difícil que Johnson pudiera hacer la conexión correcta entre las primeras dos muertes. Yo creo que esa noche Johnson vio, como yo, una señal equivocada. Tal vez ni siquiera presenció la muerte: se suponía que debía quedarse a esperar a los chicos en el ómnibus. Pero al día siguiente seguramente leyó en el diario la historia completa. Vio la serie de símbolos, una serie de la que él sabía la continuación. Había estado leyendo fanáticamente sobre los pitagóricos y sintió, como yo, que desde alguna esfera superior le daban una posibilidad para su plan. El número de chicos del equipo de básquet coincidía con el número del Tetraktys. A su hija le quedaban apenas cuarenta y ocho horas de vida. Todo parecía decirle: esta es la oportunidad y es la última oportunidad. Esto es lo que trataba de explicarle en el parque, la pesadilla que me acompaña desde la infancia: las consecuencias, las derivaciones infinitas, los monstruos que producen los sueños de la razón. Sólo quería evitar que ella fuera a prisión y ahora llevo once muertes sobre mí.

Quedó en silencio por un instante, con la mirada perdida en la ventana.

—Todo este tiempo usted fue mi medida. Sabía que si lograba convencerlo a usted sobre la serie también convencería a Petersen, y sabía también que si algo se me escapaba era posible que usted me lo señalara con anticipación. Pero quería a la vez ser justo con usted, si esa palabra tiene sentido, darle todas las posibilidades para que pudiera descubrir la verdad... ¿Cómo se dio cuenta finalmente? —me preguntó de pronto.

—Recordé lo que dijo esta mañana Petersen, que es difícil saber lo que haría un padre por una hija. El día que los vi juntos a usted y a Beth en el mercado me había parecido advertir una relación extraña entre los dos. Me había intrigado sobre todo que ella se dirigió a usted como si requiriera aprobación para su casamiento. Me pregunté si era posible que usted hubiera encubierto con una serie de crímenes a una persona a la que ni siquiera veía con demasiada frecuencia.

—Sí, aun en su desesperación supo perfectamente dónde ir a golpear. No sé en realidad, y no creo que nunca lo sepa, si es cierto lo que ella piensa. No sé qué pudo haberle contado su madre sobre nosotros. Nunca me había dicho nada antes sobre esto. Pero quizá para asegurarse de que la ayudaría jugó su carta extrema. —Buscó en el bolsillo interior de su saco y me extendió un papel doblado en cuatro. *Hice algo terrible*, decía la primera línea, en una caligrafía curiosamente infantil. La segunda, que parecía haber sido agregada en un rapto de desesperación, decía en caracteres grandes y desolados: *Por favor, por favor, necesito que me ayudes, papá.*

EPÍLOGO

Cuando bajé los escalones del museo el sol todavía estaba allí, con esa claridad benévola, largamente extendida, de las tardes de verano. Caminé de regreso a Cunliffe Close, dejando atrás la cúpula dorada del Observatorio. Ascendí lentamente la cuesta de Banbury Road, preguntándome qué debía hacer con la confesión que había escuchado. Algunas de las casas empezaban a iluminarse y vi por las ventanas bolsas de papel con provisiones, televisores que se encendían, los fragmentos civilizados de la vida que detrás de los cercos de muérdago continuaba imperturbable. A la altura de Rawlinson Road oí a mis espaldas el sonido corto y alegre, repetido dos veces, de una bocina de auto. Me di vuelta creyendo que encontraría a Lorna. Vi un pequeño auto descapotable, flamante, de un azul acerado, desde el que Beth me hacía señas. Me acerqué al cordón y ella se pasó una mano por el pelo alborotado y se estiró en el asiento para hablarme con una gran sonrisa.

—¿Puedo acercarte?

Supongo que vio algo desacostumbrado en mi expresión, porque la mano que se extendía para abrirme la puerta quedó a mitad de camino. Elogié mecánicamente el auto nuevo y después la miré a los ojos, la miré como si la viera otra vez desde el principio y debiera encontrar en ella algo diferente. Pero sólo estaba más feliz, más despreocupada, más hermosa.

—¿Algo está mal? —me preguntó—. ¿De dónde venías?

—Vengo… de hablar con Arthur Seldom.

Una primera señal de alarma cruzó brevísimamente por sus ojos.

—¿Matemáticas? —me preguntó.

—No —dije—. Estuvimos hablando de los crímenes. Me contó todo.

Su rostro se ensombreció y sus manos volvieron al volante. Su cuerpo se puso repentinamente tenso.

—¿Todo? No, no creo que te haya contado todo —sonrió nerviosamente para sí y un antiguo rencor pareció asomar por un instante a sus ojos—: nunca se animaría a contarlo *todo*. Pero ya veo —dijo y volvió a mirarme con una expresión de cautela—. Veo que le creíste. ¿Y qué vas a hacer ahora?

—Nada, ¿qué podría hacer? Seguramente él iría a la cárcel también —dije. La miraba y entre todas las preguntas, había en realidad una sola que quería formularle. Me incliné hacia ella hasta encontrar otra vez el azul rígido de sus ojos.— ¿Qué fue lo que te decidió a hacerlo?

—¿Qué fue lo que te decidió a venir justamente aquí? —dijo—. Porque no viniste simplemente a estudiar matemática, ¿no es cierto? ¿Por qué elegiste

Oxford? —Vi que una lenta lágrima asomaba entre sus pestañas—. Fue una frase tuya. El día que te vi tan feliz bajando con tu raqueta de ese auto. Cuando hablábamos de las becas. "Deberías probarlo", me dijiste. No podía dejar de repetirme aquello: *deberías probarlo*. Creía que ella se moriría pronto y que habría para mí todavía la posibilidad de otra vida. Pero unos días después le dieron los nuevos análisis: el cáncer había remitido, el médico le había dicho que podía vivir otros diez años. Diez años más atada a esa vieja urraca... no hubiera podido soportarlo.

La lágrima que había quedado suspendida rodó por su mejilla. Se la quitó con un movimiento brusco, algo avergonzado, y estiró la mano para buscar un *kleenex* en la gaveta. Volvió a poner las manos sobre el volante y vi por un instante su pulgar diminuto.

—Entonces, ¿no vas a subir?

—La próxima vez —dije—. Es una tarde hermosa, quiero caminar todavía un poco.

El auto arrancó y pronto lo vi empequeñecer y desaparecer a lo lejos en la curva de Cunliffe Close. Me pregunté si lo que Beth creía que Seldom nunca se animaría a contarme sería lo que Seldom ya me había contado, o si habría algo más, algo que temía imaginarme. Me pregunté qué parte sabía finalmente de toda la verdad y cómo debería empezar mi segundo informe. En la entrada de Cunliffe Close miré hacia abajo y ya no pude reconocer dónde había caído el *angstum*: el último resto de piel había desaparecido y el pavimento que se extendía a mis pies, hasta donde llegaban los ojos, estaba otra vez limpio, inocente, despejado.

AGRADECIMIENTOS

A la Fundación MacDowell, a mis benefactores anónimos y al matrimonio Putnam, por dos residencias en ese paraíso de artistas que es la Colonia MacDowell, donde fue escrita gran parte de esta novela. Al International Writing Program, de la Universidad de Iowa, por una beca de dos meses que me permitió corregirla.